お別れの色
どくだみちゃんとふしばな3

吉本ばなな

幻冬舎文庫

お別れの色
どくだみちゃんとふしばな 3

目次

よしなしごと

あの場所へ 12
霊 20
鷹揚 31
よしばなうまいもん 38
TVに出る人 47
三つ子の魂 54
家事革命（日本は遅れてる？） 61
ぬか漬けちゃん 69
家事革命の終わり（早！） 75

出会うこと気づくこと

ピンチに学ぶ 86
みんなすごい 101
このままでいい 108

人生の味わい 117
イタリアへの愛 125
美しく生きる 135
野良人間 146
さよなら 154
華麗なるアヴちゃん 161
すみちゃん大特集（だれにでもすみちゃんみたいな存在がいるはず） 167
旅を続けなくちゃ 175

秘訣いろいろ

気が小さいってすばらしい 184
生活の智慧 191
自分の歌を歌う 198
怒りの表現のしかた（早くに悟らないこと） 207
私の青春 213
ここに力がある 222

文句ない幸せについて 234
恭平のおかげ（真実を口にすること） 240

本文写真：著者
本文中の著者が写っている写真：井野愛実　田畑浩良

よしなしごと

あの場所へ

◎今日のひとこと

昔、羽海野チカさんと話していて、どきっとするような大切なことを彼女が言ったのをよく覚えています。

「まんが家になるような人は、すごくモテたり楽しかったりしたはずがなくって、青春時代、みんなが遊んでいるようなときに一生懸命絵を描いていたような人ばっかりなんだよなあ。そうでないと、仕事にするほど絵がうまくなることはないもの」

そうだ、確かにそうだ、と私は思いました（でも彼女はきっとモテたと思います。いつ会っても抱きしめたくなるようなかわいい人

近所の和食屋さんのおいしいお刺身

だから！）。

いろいろなことに手を染めたり、器用だったり、売り込みが上手かったり、そんな人たちじゃない。ものを作る人って、不器用で、ただただ同じことを手を動かしてやってきた人ばかりなんだなと思うのです。

青春時代、私のまわりはなぜかまんがを描く人ばっかりでした。

いいなあ、絵が描けてと思いながら、その横で私はノートに小説を書いていました。

そんな日々が今の私を作っているんだなあと思っています。

しゃべりながらお互い手を動かして、また集中して、またしゃべって、たまにおやつを食べたりお茶をして。

そんなふうに、まるでまんが家の軽い修羅場みたいな毎日だったから、私は今なにをしながらでもものが書けるんだなあとありがたく思います。

それでも私の周りにいた人たちは、執念深くまんがを描き続けた姉以外はまんが家にはなりませんでした。ならなかったのか、なれなかったのか。

つまりそれはお金を払って長く読んでくれる人がいるかどうかというシビアな問題と、読者がいないときにくじけずに読者の獲得を夢見続けられるか。そういう人たちに甘えずに自分を高めていけるかどうか、そしてそれを楽しんで自然にやれるかどうか、他にもっともっとしたいことができないかどうか、そんなことの集まりなんだと思います。

私はたまたま執念深く書き続け、おとなに

なっても書き、これからどうなるなんて疑問を持たずにぶっちぎりで書き続け、今に至ったんだけれど、私の気持ちはいつでもあの日々、となりにいる友だちたちや姉がまんがを描いていて、私は小説を書いている、そんな午後の小さなあの部屋に戻っていくのです。

オハナおばあちゃん

◎どくだみちゃん

基本

久しぶりに会う友だちと、駅前で待ち合わせて、

「私の街」下北沢の大好きな店をめぐる。

とりあえずお昼を食べてからゆっくりお茶をすることにする。

いつも行くとても上品なカフェ。[*1]

すばらしいアンティークのライトたちがお店の床を絶妙に照らしている。

心がこもっていて全く手抜きのないすごいクオリティのデザートとコーヒーを、すばらしい色合いの木の天板のテーブルの上で、すわり心地のいい清潔な椅子に座っていただく。

私たちの全体が光に包まれているような感

じになる。

　これこそが癒しなんだというような、淡いしかし力を持った光に。

　そんなことが起きる「場」を作ってくれたのはそのカフェをやっている人たちの人生の中の、すてきなものやおいしいものの積み重ねだ。

　そのことを理解できるのは、私たちもまたいろいろな国でいろいろなすてきなものを見てきたからだ。

　それぞれの人生のセンスの蓄積がそこで出会う。

　そんな時間が人生の基本にあれば、間違うことはない。

　そんなことにだけお金を使っていれば、道に迷うことはない。


　あのとき、私たちはきっと中学の同級生みたいだったと思う。

　近所の甘味屋さんに五百円を握りしめていった頃の。

　夏は豆かん、秋はぜんざい。

　おしゃべりはつきないけれど、お店の人も嫌な顔をしない、いつもの夕方。

　明日も明後日も学校で会えるはずなのに、いつまでもしゃべっていたいね。

同じく近所の和食屋さんの名物料理

つゆ艸の名物、豆かん

◎ふしばな

「ふしばな」は不思議ハンターばな子の略です。

毎日の中で不思議に思うことや心動くことを、捕まえては観察し、自分なりに考えていきます。

私が書いたら差しさわりがあることだって、私の分身が考えたことであれば問題はないはず。

村上龍先生にヤザキがいるように、私には「ばな子」がいる。

森博嗣先生に水柿助教授がいるように、私には「有限会社吉本ばなな事務所取締役ばな子」がいる。

村上春樹先生にふかえりがいるように、私には「ばなえり」がいる（これは嘘です）！

男と女の違いかも

空き家を持っていると言うと、資産家の男の人たちはすぐに「家賃タダのそこに住んで、自分の住んでいる家を人に貸せ。そして家賃でローンを返せ」と言う。

そういう考え方ができるから、お金持ちになれるんだろうと思う。

そして何一つ間違っていないと思う。確かにそうできたらいいなと思う。そこまで切り替えられたら、なんだか自由な人生が待っていそう。

きっと男の人は陣地を取るのが好きなんだ、楽しいんだ、燃えるんだ、そう思う。

どこでもできる仕事です、という話をすると、資産家の男の人たちはすぐに「シンガポールか香港に住むといい、それがいちばんの税金対策だ」と言う。

でも私はそういう国に別に住みたくない。英語も学ばなくちゃやだし、面倒くさい。そんなひまがあったら家で書いていたい。

「なんで、そんなにとても珍しい『どこでもできる仕事』だというのに、そうやって節税しないんだろう？」

と彼らは首をかしげる。本気で首をかしげているので、それに私も首をかしげかえす。

交わることのない思想というか、なんというか。

でもちょっと思う。もし自由自在に生きて、なんでも楽しめるならそんなのも面白いかもしれない。知らない国に住んで、それをまた書いたりして。

こうすればああなるのに、なんでしないの？

という話はたいてい、残念ながら自分のほうではなくって、そう言うほうの人が正解なのだ！

「でもああだから、こうだから」と言い訳する人は、枠を出られないからこそ悩むことがあるので、可能なら思い切ってやってみて変わった方がいい。

それもよ〜く知っている。

だからなるべく取り入れたり、その気分を本気で想像したり、自分の枠はたとえ小さくでもどんどん壊していくべき。

それでも、私は今の家、今の街に住んでたいそう満足している。

そんなの小さいことかもしれないし、別の

場所に行けばそこに超お気に入りのカフェやレストランがきっとできるんだろうし、楽しく暮らすだろう、わかっている。そんな街が増えていく幸せも肌身で知っている。節税もできて、目先も変わって、人生も冒険になって、枠も壊せて、きっとやったほうがいいんだろう。

でも動きたくない。だってとにかくここに座って書いていたいから。

たいしたインテリアでもないし、そんなにこだわりの家具でもないけど、長年使っているうちの椅子の脚を拭いていたい。

女は巣を作りたいのだ。男が陣地を広げたいように。

巣の中で細々と工大して、腰を伸ばして犬といっしょに昨日と全く同じ、変わらない毎日の中で眠るとき、いちばんの幸せを感じる。

うちのサボテンが咲きました

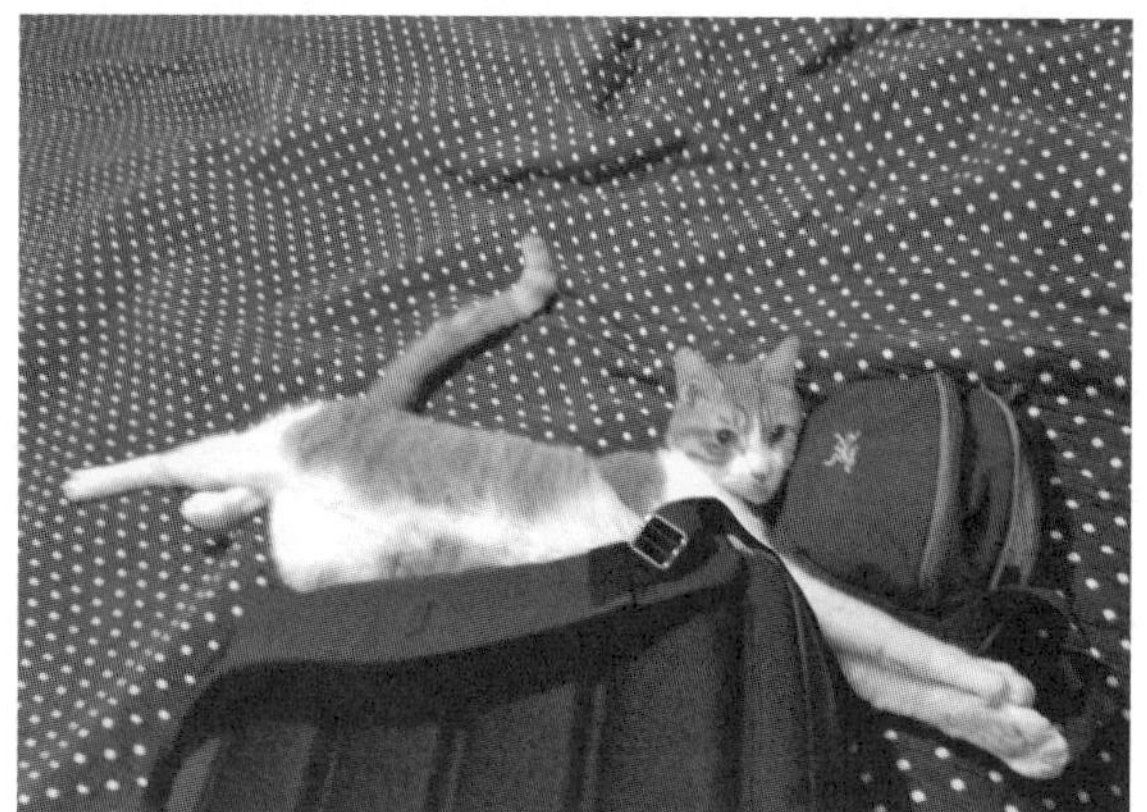
のびのびと寝る17歳

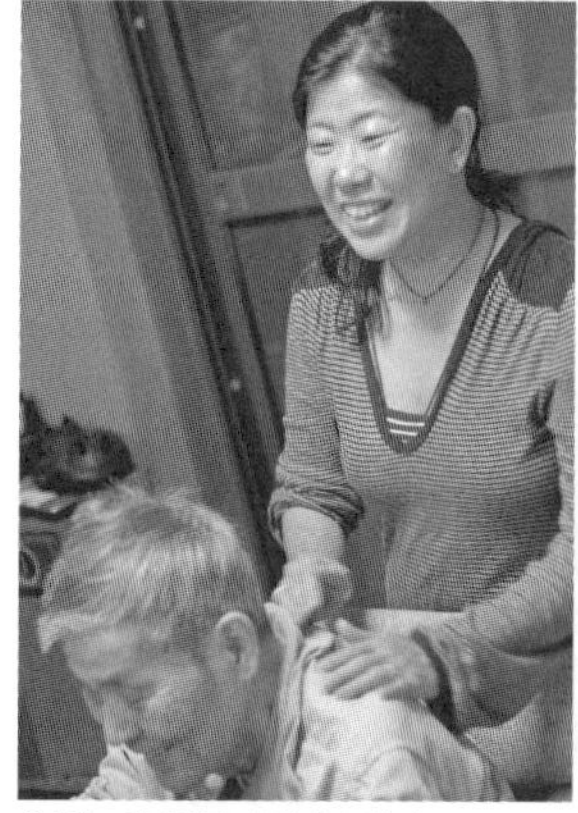
父と私。晩年はよく肩をもみました

大分から来たすだち

霊

◎今日のひとこと

インドネシア独立戦争のとき、数千人の日本人兵士が帰国せずに残留し、現地でインドネシア人とともに戦い、多くが亡くなりました。

今回、バリ島の兄貴[*2]の家におじゃまするまえに、前回仲良くなった超男らしい森田潤さんと元劇団四季にいて立派な主役ニャンコだった望月龍平[*3]くんのお誘いで、その方達が眠るマルガラナの英雄墓地にお参りに行ってきました。

兄貴が日本人のお墓にはちまきのように目印を巻いてくれていたので、ひとりひとりに

マルガラナ英雄墓地

手を合わせてお線香と日本酒をお供えしました。

思想的なものに関して私はなにも言えません。

私は右でも左でもないです。自分がこの目で見ていないものに関して強い意見を持つこともありません。

小説家として、人として、そして主婦としてしか生きていません。

ただ、こんな遠くのジャングルで、日本に帰りたいと思いながら玉砕していった人たちがいたんだなあと思うと、ガジュマル（きっとたくさんの銃弾を浴びたんだろうと思います）の下を抜けていく風の穏やかさに、平和な時代のありがたさをしみじみと感じました。

そして私たちがお参りしていることを、そこに眠る日本人兵士たちがきっと穏やかに喜んでいてくれるようにと願いました。おかげさまでインドネシアの人たちは親日で、みんな良くしてくれます。こんなふうに行き来して観光できるのも、平和な時代を作ってくれた人たちのおかげさまです。

私たちは今日本で確かに「戦争に負けた国」の時代を生きています。そこにいくら問題があろうと、私たちは今平和に生きている。言いたいことを言って、住みたい場所に住んでいる。

なんてすごいことなんだろうと思いました。

荒れてどうにもならなかったその場所を、兄貴がスタッフ総出で手入れして忘れないようにと整えたそうです。そのせいか、そこはとても安らかな場所に見えました。

荒れて、忘れられてしまったら、異国の地で彼らは怨霊となってもおかしくはないのです。

資料館で彼らの簡易な武器や勝ち目のなさを一目でも見てしまったら、そうせずにはいられなかった兄貴の気持ちが痛いほどわかるのです。

とは言え、龍平くんが「初めてここに来たとき、夜四回も金縛りにあいました」と言っていたので、ちょっとどきどきしたのですが、すぐに売店でコーラを飲んで、車に戻って「冷房最高！」と言っているようなへなちょこの私たちにはやっぱり霊も来てくれなかったよ！

私は昔アルゼンチンに行ったとき、広場でデモをする老婦人たちから直接話を聞きました。彼らの大学生だった子どもたちは軽い気持ちで軍事政権に反対するデモに出かけて、二度と帰ってこなかったのです。子どもたちは「行ってきます！」と家を出て、そのままつかまり、拷問され、犯され、殺され、海や砂漠にまとめて捨てられてしまったのです。他にもジャーナリストや活動家、数万人の人が亡くなったとされています。

あの人たちのどこにも向かえない目を一生忘れることはできません。

平和であることのものすごい幸せを、食べたいものを食べられて、屋根の下で眠れる喜びを、母国に暮らせることがとても稀有なことであることを、どこかで忘れたくないなと思います。朝別れた家族に夜また会える、そのことがいちばん得難い幸せであることを。

私が生きた時代の人間味あふれる日本の良さを、小説に書いてこつこつと残していけたらな、と思います。

何もかもを見たガジュマル

◎どくだみちゃん
苦しい夢

よく「きっとわかるんでしょう？」と言われているようには、霊感がほぼない私だけれど、一度だけほんとうにこれはすごすぎる、心霊現象とか怨念とか何もないとは絶対言えない、と思ったことがある。


私は歴史的な事情をほとんど知らないでサイパンに行った。

もちろんそこで大勢の日本人が亡くなったことは知っていた。バンザイクリフと言われる崖のことも知っていた。

でもそれだけだった。私たちは若くて遊び盛りで、海で泳いだり友だちとごはんを食べたり、楽しむために観光に行っただけ。

ガラパンのホテルで夜中、寝苦しくて目が覚めたら、部屋中がもやもやして歪んでいた。そして大勢の人がいるようなざわめきを感じた。

すごい頭痛が襲ってきて、急に熱も出てきた。

昼間、なぜかみんながやたらにピアスやネックレスやメガネなどの光り物を失くしていた。それもなんとなく気にはなっていた。

でもそのときは、なんとなくなんていうものではなかった。

部屋の中にたくさん人がいるのだ。はっきり見えはしないが、人が重なっているところがちゃんと人型に歪んでいるのだ。そして続く激烈な頭痛と熱。

私はがんばって目を閉じて気にしないで寝ようとした。

うとうとすると何回も同じ夢を見る。

私はずっと這って歩かなくてはいけないような、チューブ状の迷路の中にいる。迷路の地面は湿っていて、靴の中までぐちゃぐちゃしている。

この旅の友だちといっしょにその迷路を抜けていくが、友だちが撃たれて死んだり、自分が撃たれたりして、迷路の最後までは行くことができない。

撃たれて苦しんでやっと死ねると思って意識を失うと、また目覚めてしまい、いつのまにかまた迷路の入り口に戻っているのである。

それを何回も何回も繰り返して、へとへと

になってしまった。

何回めだったろう、また死んだ！　と思って汗だくで目覚めたら、部屋の中はまだ真っ暗でいっそうざわざわしていた。

怖くて怖くてたまらなくなった。

とにかくいてもたってもいられないくらい怖いのだ。全身に鳥肌が立っていた。

私はとなりのベッドに寝ていた陽子ちゃんのシングルベッドに入って、

「お願い！　怖くて寝られないからここで寝させて！」と言った。

私はふつうそんなことは絶対しない。自分の寝相の悪さを知っているから。

陽子ちゃんは、

「あったかいのはいいわね～」と寝ぼけて言った。

私は陽子ちゃんの背中にぎゅっと頭をくっつけて寝た。陽子ちゃんのぬくもりだけが、私を守ってくれた。

それからも何回も同じ夢の中で死んだが、最後の最後に私は迷路の壁にもたれとても安らかな気持ちで、

「ああ、よくがんばった、やっと死ねる」と言った。

もしかしたらだれかが成仏できたのだろうか。

それに力を貸せたのだろうか？

真っ白くて美人な陽子ちゃんにくっつけたから兵隊さんったら成仏できたのかな？　笑

あの人たちは、あんな恐ろしい思いをして死んでいったんだ、体感として生々しくそう思った。

そんな時代だったのだ。

人が人を殺す、しかも国の名の下にそれができるなんて、それに乗っかって人がどんどん残虐になっていくなんて。

そのことが今もまだこの空の下のどこかで行われているなんて。

それについて発言するにもいちいち考えなくてはいけないなんて。

私にはやはり社会的なことはなにもわからない。

ただ細々としたお話を作るだけの人生だけれど、あの迷路の中での気持ちを一生忘れることはできない。

平和。

働いて、寝て、起きて、悩んで、苦しんで、笑って、ただ生きる。

愛する人や自分が、だれにも犯されたり殺されたりしないことが前提の人生。

それだけのことが、どんなに幸せなことか。

朝になるとサイパンのうっすら曇った光に満ちた浜辺に、びっくりするほどの量の黒いナマコが打ち上げられる。

それらを毎日毎日ブルドーザーが海の中に返していく。

なんだかそこに帰りたい日本人たちの気持ちが乗っているようで、海の中でナマコをふまないように気をつけるようになった。

今だったら、もう少し真剣にお祈りできたかもしれないと思う。

どうか安らかに。

ネックレスもピアスもメガネもみんなあげます。

飛行機にいっしょに乗って、魂だけでも帰りましょう。

そんなふうに思えるようになった。

今の私だったら、あのように夜中に目を覚ましてももう怖がらないだろう。

それは私のお父さんやお母さんがもう生まれていた時代の日本の人たち。

戦いで命を落とした、帰りたかった人たち。

今なら花を捧げ、お線香をあげて、手を合わせるだろう。

だからえらくなったとか、そんなのではない。

ナマコを踏まないくらいしかできなかったときと、なんら変わらないへなちょこな私。

でも、もう逃げはしなくなった。

おいしいものを食べて、なにか飲んで、笑って、見ないようにしよう。だって気持ちが暗くなるもん。そうは思わなくなった。

ただそれだけだ。

そうか、そんなことがここであったのか。

私たちの楽しさはその人たちの命の上に成り立っているのか。

ありがとう、安らかに。

そう思えるだけの違いだ。

たくさんの死に出会い、何回か自分も小さく死にかけて、わかった。

人の祈りが人に通じるということが。

光がちゃんと届くということが。

その、白くて美人な陽子ちゃん

◎ふしばな

善きもの

私は霊がいるのかいないのか、やっぱりよくわかっていない。

いるのなら、うちのお父さんとかお母さんとかにぜひ会いたいけれど、ちっとも出てきやしない。

たまに夜中に目をさますと、前に飼っていた犬に触ることがある。

大きさも、毛並みも、死んだ犬だ。

それではっと起き上がると、今飼っている犬が寝ている。

あれ？　夢だったのか、と思うし、実際そうなのだろう。

でも、明らかにさっき触っていたのは昔飼っていた子だ。

シルエットを全部触って、毛並みも確かめたから。

夢でもなんでもいいのだ、もう一度触れたのだから。

でも、そのサイパンでの体験もあり、なにもないとはっきりとは言い切れないようなところがある。

そうとしか説明できないことがあることもある。

この間、本草鍼灸院の浜野さおり先生[*4]と話していたら、霊なんて怖くないと言っていた。

「だって、明日学校休みたいな〜とか願ったときに、お腹を痛くして休ませてくれるのは霊じゃないですか。助けてくれてるんですよ〜」

と涼しい顔で言っていた。

新しい！

さすがさおりん！

本当にすごい人だと思った。

こんな平等性を、しかも相手に合わせないでしっかりと淡々と持っている。これこそが人を癒す人の条件だなと思う。

霊はともかく、世界中の人の、

「こういう人がいい人だ」と思っている人の「利他的なイメージ」が一致しているのは、すごいことだと思う。

それこそが善というものではなかろうか。

お線香に火をつける

同じく巨大なガジュマル

鷹揚

◎今日のひとこと

昔、クウネルだったかなあ、いや下北沢の宝、大平一枝[*5]さんの本だったかなあ、家族全員のリクエストを聞いて全員に違うごはんを出すお母さんの話を読んだことがあります。どこかのカフェで読んだので全くのうろおぼえでごめんなさい。お母さんにそれぞれが告げるんです。私はうどん、私はオムライス、私はサラダだけでいい、そんなふうに。

「お店じゃないのに、すごいなあ」とびっくりしたのですが、きっと主婦というかお母さんっていうのは究極的には、すごく突きつめたら、そういうものなんだろうと思うのです。

館山のポピー

そのために全部むりしてカチッとお店のように取り揃えておくのではなく、ゆるく、ゆるくお互いのためになんとなくなんにでも開かれた状態にしておくというか。

うちの夫は今ミルクとバターを取らない、添加物もお休み中、発芽玄米もたまに食べる。うちの子どもはチャイや牛乳を飲む、インスタント麺も食べるし、でもしいたけや明太子は食べないいし玄米は嫌い。

これ、いちいち考えていられないので、適当に買ってきてランダムに出してそれぞれにてきとうに残してもらうんだけど、そこで厳密になっちゃうのはこれまで受けてきた学校教育の流れの上では簡単で、なんで一生懸命作ったのに残すの！　とか（私は新米ママのときこうだったな）、マカロニグラタンはもう一生作らないほうが効率がいいとか、ミルクはみんな豆乳にしちゃいましょうとか、体にいいしもううちは発芽玄米に統一！　とか、そうしたらきっと楽だし合理的だと思うんです。

でも、楽の向こうにあるちょっとたいへんなことのさらに向こうにあるのがほんとうの面白み。

あっ、うっかりミルクとバター使っちゃった、じゃあちょっとだけ食べれば？　え？むり？　じゃあラーメン作ろうか？　今日は玄米と昨日の残りの白米から選べます〜、でもおかずに梅が入ってるからもしかしたら玄米が合うかもよ、えっ？　梅の気分じゃないとな？　じゃあ肉炒めようか？　今、夜中の三時だけど腹減ったって？　おにぎりにぎろうか？　みたいなことこそが、結果的に健康的なんじゃないかなあ？　と思うんですよ。

　そしてそれにてきとうに、力を入れずに、対応できることが「お母さん」なんだなって。

　冷蔵庫の中が混沌としていてちっともきれいにまとまらないし、色落ちする服なんてほんとうは買わないでと思ってもいつしか存在しちゃうし、バスソルト入れちゃったけどEMも入れようか、みたいなてきとうさを「てきとうだよな〜」と思いながら、受け入れていくことで、寛容を学ぶというか。


「女はやっぱり子どもを持たなくちゃ」系のことではなく、「人と暮らす忍耐で人はやっと一人前になる」系のことでも全くなく（そう思っていないから）。

　私は小説を三十年間ぶったおれるまで書いてきたけど、そしてちょっとは書くこともうまくなったけれど、これはそれ以上の変化そして学びだったように思う。


　そう言えば、バリの大富豪、兄貴もおっしゃっていました。

「決めてかからんことがいちばんやな」って。

◎どくだみちゃん
選ばなかったほうのこと

　兄貴の書籍を作るためにバリに行き、兄貴にインタビューしているすばらしいインタビュアー石原さんの横でメモを取りながら、私はひとつの質問をあえて言わないでいた。

「兄貴はご家族とささやかに暮らすという気

持ちにはならなかったんですか？　ご自身が育つことができなかったような小さな温かい家庭に」

でも、答えはわかっていた。聞く必要もなかった。

兄貴は自分の知らなかった幸せはどうにも不自然だから選べず、実際のご家族はお互い仲良しで愛し合っていても普段はそれぞれの暮らしをしていて、兄貴はいつでも、どうやっても集まって来てしまうし面倒を見てしまう「他人でできた大家族」と暮らしたい。そして日本を外から応援し続けて、日本の良さを残したい。

もうその人生を選んだから、選ばなかった人生は見ない。実際家族とは仲良しだし、ちゃんと回っているからいい。

生きられなかった人生はいつでもノスタルジックだが、感傷にすぎない。

美しく優しく見えるが、選ばなかったのだからやはり選ばなかった意味がある。

私は私にとっての、その意味の方を生きていきたい。

館山の海

◎ふしばな
お母さんっていうもの

自己憐憫がいちばん夢の実現をはばむ、パワーを奪う、とゲリー・ボーネル氏がレクチャーで言っていた。

自分の中にある悲しみは慰めてあげたほうがいいときもあるけれど、確かに自己憐憫はどこにも自分を運んでくれないなあ、と、それを聞いた私は思った。

私には（そういう意味では）お母さんはいなかった。

私の具合が悪いときに、何が食べたい？と聞いてくれる人はいなかった。

私をかわいくてしかたないから、そのものごとの話、あんた確かにとても悪いね、でも最後まで味方になってあげるよ、と思ってくれるお母さんはいなかった。

お母さんは常に自分のことでいっぱいで、正直すぎるくらい正直だった。

姉を育てていた段階ではまだ体力があった母は、姉に対してはある意味しっかりと母であった。また姉にはかろうじて、母が元気でいっしょに出かけた頃の思い出がある。

それをねたんだりうらやましく思うことはない。

母も私を愛したかったが、どうにも都合が悪いしかわいくないし、体調も悪くなっていたし、相性も悪かった。母はそれに正直だっただけで、お互いによくがんばったと思う。

相性ってそういうものだし、運命ってそういうものだ。

私は私の楽しいことを探し、気にしないようにして父とはツーカーで仲良くし（父は普通の父以上に優しかったので私は生きていられた）、外へ外へと出ていった。

このことを細かく考えていると、個々のエピソード（書き残す気にもなれないほどの）のあまりのものすごさに、自分よ、よくがんばったねと思う。

でもそこまででいい、それ以上自分を哀れむ必要はないと思う。

お母さんもかわいそうだったと思う。

もう私は自由で、自分で自分のお母さんになってあげられる。

自分の子どもが笑顔でない、悲しそうにしている、悩んでいる、それだけでもう胸がつぶれそうになる愚かなる母親。

私のそばにはいなかったそんな生きものに私はいつのまにかなることができた。

そのことを感謝している。自分の子どもにも、自分の中の子どもにも、そんな存在がいるよと言ってあげられる平凡な幸せに。

私はよく執筆中の父の部屋にふつうに「おとうさ〜ん、おこづかいちょうだい！」などと言って入っていき、いろいろな人に「そんなことはやめなさい、重大なことを書いている最中かもしれないんだから」と言われたけれど、気にせず続けていた。

今、深夜の部屋でものすごく集中して小説を書いていると、そして今絶対中断したくない！　という流れの中にいるときほど、いきなり子どもが入ってきて「ねえねえ、面白いからこのＨＩＫＡＫＩＮさんの動画観て〜！」とか「『ほぼ日の怪談』読んでたら怖くなったからいっしょに読んで〜」とか言ってくる。ううむ、これはカルマというものか？　自分のしたことが自分に返ってくるのか？　と思いつつ、嬉しいな、きっとお父さんも嬉しかったんだな、と思う。

この世に永遠に残すことができたかもしれないほどの重大な文章よりもずっと、大切なことだと思うし、そう思えるのが嬉しい。

館山の菜の花

よしばなうまいもん

◎今日のひとこと

手元にひょこっとやってきて、きゅっと読んで、顔を上げると少し景色が明るくなっている。身勝手で明るい小さなお友だち。そんなメルマガを目指しています。

このあいだ台湾に行って、庶民の味方で大人気という感じのうどんやさんに連れていってもらいました。棚に白っぽい瓶が並んでいて下の方がちょっと濁っている。

なんだろうと思っていたら友だちが聞いてくれました。

それはなんとお米を発酵させている汁で、

台北のおいしいちまき

それをうどんのおつゆに入れているのが味の秘訣だというのです。後ろのカウンターではおにいさんがひたすらに肉と野菜のワンタンを作っていました。できたてをどんどんゆでて、うどんに乗っけてワンタン麺にしてくれます。

　麺ももちろん手打ち。

　こんなに手間をかけて安くてもどんどん出るからもうけになるんですね！

　私はLINEブログで「よしばなうまいもん」[*6]といううまいものだけの記録をやっています。

　基本的には自腹で食べたときだけ記事を書くようにしているのでありますが、それでも幸せな更新を続けています。

　この世にはこんなに日々いっしょうけんめいお料理をしている人がいて、そんなにお金をかけなくても日々好みのものを選んでいただくことができる、こんな時代に生まれた幸せにやっぱり感謝する今日この頃です。

台北の水ぎょうざ

◎どくだみちゃん

幸せを栄養に

さあ台湾につきました。

今日は久しぶりに出版社の人たちに会える。大事な打ち合わせだけれど、きっとおいしいものをいただきながらだ。

新しい言葉をたくさん聞いて、これからいっしょに仕事していくんだ。

そんなときがいちばん幸せ。


そうして仕事を終えて、へとへとでホテルに帰って、あとはもう寝るだけ。

仲間とホテルのバーで一杯飲みながら、さっきまでのごちそうの話をしたり、打ち合わせの記録を取ったり、話し合ったりしながら、豆をかじったり、おせんべいをつまんだり。


バーではすてきな声の歌手が静かに歌っていて。

今外国にいるんだ、とはっと気づくような瞬間。

明日は起きたらすぐに友だちに会える。なに食べに行こうか！

それもとても幸せ。

一日の終わりの自由。


そんなときに食べるものは、そのものがおいしければもっとすてきなシナジーが生まれるけど、なによりも魂のためのごはんだから、そのテーブルの上の幸せの気を飲んだり食べたりしてるんだと思う。

前に韓国の出版社の社長と会食したときのこと。

うちの子どもがまだ小さくて、帰りに庭に出たとき、社長の手を取ってぐるぐる回り始めた。そうしたら社長もにこにこして、編集者さんたちも大笑いしながら、韓国料理屋さんの庭で六人ぐらいでみんなで丸くなってげらげら笑いながらしばらく回った。

決して「接待相手の作家さんの息子さんだから気を遣って」なんていうものではなく、みんな本気で子どもみたいに笑っていて、最後は「ああ、楽しかった！」と言って回り終え、まだまだこの人たちと仕事したいなと幸せを感じた。

社長と子どもがすてきな灯篭や木のある庭で、街灯に照らされながら手を取り合って回り始めた光景が眼に焼きついている。

そして今も私はその人たちと国境を超えていいチームを作っている。

そうそう、今の日本の人たちはそんなときに、

「接待相手のガキが回ったらしかたなく自分も回るに決まってるじゃないか、きっとみんないやいやだったんだよ、そんなのもわかんないなんてほんとモンスターペアレンツだね」というふうに思ったり言ったりすることがあるが、それはとても貧しい発想だと思う。

そんなふうにまず思ってしまう人は、いやなことばかり日頃しているからなのか、嫌いな人の嫌いな子どもに会う機会が多すぎるからなのか。気の毒だと思う。

たしかにそういうケースもあるだろう。

でもそうではないケースも世界にはたくさんあって、その中にはイレギュラーにきらきらした幸せがつまっていて秘訣がこもってい

る。

そんなこと言ってるひまに自分の好きな子どもとげらげら笑いながらぐるぐる回って息を切らせてみたらいいんじゃないかなと思う。きっとすっきりするから！

時報出版の社長！

現場のいっちゃん（かわいい！）

◎ふしばな

日によって違うはず

今日はなにを食べようか？

こんなすばらしいことを固定しないで毎日変えていいなんて、神様が私たちの時代にくれた平和はとっても美しいと思う。

でもやっぱりかなわないと思うのは、きゅっと音がするようなもぎたてのトマトやきゅうりだとか、良い土の下でぐっと重く育った里芋だとか、釣りたての魚だとかをいつも食べている人たち。

彼らは体と心の持久力が違う。それだけは都会に住んでいたら得られない宝物のようなものだ。

都会人って、人間という生き物の縮小版、できの悪いコピーみたいな感じだなと思うことが多い。

昔友だちの家の持ち寄りパーティに、ヴェジタリアンの友だちがフレッシュな葉野菜をいっぱい持ってきて、みんなにその香りを嗅がせて、

「ああ、なんていい香り。これがあったらなにもいらないよね！」って言ってる最中に、その家の友だちがキッチンからぐつぐつの鍋を持って来ながら「牛肉の赤ワイン煮込みだよ～」と言ったのが超おかしくて、今もあの光景を思い出すとぷっと笑ってしまう。

だれも悪くないのに、人間ってなんて滑稽で一生懸命でかわいらしいんだろう。

どっちもおいしいし、どっちもいいんじゃないかな、それでいい。

そんな赤ワイン煮込みの彼女も、ちょっと

体調を崩して今は野菜だけ食べているけれど、そういうときもあっていいっていうのがこれまたいいなと思う。

昔、型の違う二回のインフルエンザにやられてなにも食べられなかったとき、いつもはどんなときでもおいしく感じる生野菜さえもどうにも食べられなくて、出汁だけが私に栄養をくれた。

友だちのお母さんが作ってくれたけんちん汁と、こだわりのラーメン屋覆麺智のしっかり塩分の効いた汁。それらはのどに胃にしっかりしみこみ、あと数時間は動ける、そういうふうになれた。

ああいうものがそのときどきの命の糧になるものなんだと思う。

台湾の鼎泰豐の本店はやはり世界中のどの鼎泰豐よりもおいしい。そしてここの鶏のスープときたらもう、これだけで風邪が治りそうな味なのだ。同じメニューは日本にもあるが、何かが違う。

その「何か」の違いがいちばんだいじなものなんだろう。

そういう力のこもったものってやっぱりある。

このあいだ喉が痛かったときは冷たいロゼラ茶（インドネシアのハイビスカス茶）ばっかり飲んでいた。

急に高熱が出たときに台湾の苦茶と青草茶は体をちょうどよく冷やしてくれた。

朝鮮人参が効くときもあれば、梅干しの黒焼きがばつぐんなときもある。

そのときどきで違うのが人間なんだ！　そんなあたりまえのことを忘れて、体のほしいものを聞いてあげずに、健康にいいものを決まって食べたりするほうがちょっとぎゅっとしすぎてる感じがする。

例えば牛肉を「うまい！」と思って食べて、それを消化するときのエネルギーは、消化というシステムにいい筋肉をつけるというか。

でも、食べ過ぎは禁物だ。何回も書いているが、野口晴哉先生がおっしゃっていた「満腹は苦痛、空腹は快」これはやはりほんとうだと日々実感する。

青汁のような甘いお茶の屋台

でもここではすごく苦い苦茶を飲みました

別のお店の水ぎょうざ

ＴＶに出る人

◎今日のひとこと

この間ちょっとしたことでＴＶにゲストで出たんだけれど、切り取り方で自分が全く違う人格になるからすごいなと思います。

小説家として出たのではないから普通に納得しています。

自分にとっての大事な話をしたところは、みんなカットされていました。

それはＴＶ的には単調でおいしくない話なんです。

でももちろんそういうところにこそその人の才能の面白さが潜んでいて、たまに出会うすごいプロデューサーさんはそういうことを

写真は確か……「魂の巾着」という人たち！　左の人が小田原在住で地元ギャグが炸裂していた小田原の夜

しっかり拾って、それをまた確実に何人かの人が観て、という残り方をします。そういう経験も長年やってるのでいくつかあります。

まあたいていがそうではないので、最もわかりやすい話が採用されるってことです。

そのプロデューサーさんたちにとって私は、「昔有名でベストセラーを出したが、今ではお笑いの追っかけをしている面白いおばさん」というカテゴリーに入れるしかなかったんだろうな、そういう人でないと、彼らの枠ではこういう人生がとらえきれなくて不安だったんだろうな、と思います。

私は常にそういう枠に収まらないように、気が小さいわりに予想外のままで、これからも生きていこうと思います。

いちごちゃん

◎どくだみちゃん

でもTVはすごいんだ

うちの父がよく言っていた。

「TVに出るということは、自分の生きている枠とは全く違う才能や修練がいる。だから自分は全く完敗だ、出るわけにはいかない」

　なんだかんだ言って父はよくＴＶに出ていて、その父は私の知っている父と同じだったので、なんでだろう？　と思っていたんだけれど、やっとわかってきた。

　ＴＶに出ている自分を観ると、それがわかる。

　いつもの自分なんだけれど、カメラに向かって全然開かれてないから表情が単調なのだ。

　この間、中川家の漫才を生で観た。

　中川家のおふたりの全身から伝わってくる気合い、そして光や震えみたいなもの。

　自分たちがエッジを保っていられるように、常にアドリブを入れる、それに応え合うように兄弟でもいつも緊張感を持っている。大筋は決まっていて決して外さない。

　この気合いと技術にさらされて笑わないでいられるわけがないだろう！　みたいな迫力。なのに結果、涙が出るまで笑いっぱなしになってしまう。笑いの波動みたいなものがこちらを身体的に動かしちゃう。

　こんなにすごいことが、ＴＶだと少しだけ薄まってしまう。

　だからこの人たちは舞台を大切にしてるんだ！　とますます感動した。

　笑わせることに命を賭けている、彼らの生きてきた人生の一瞬一瞬の気合いが、伝わってきた。

　だからこそ、彼らはＴＶの中でも輝いているんだ。

　私が渚さんの良さをどんなに理屈っぽく語るよりも、ＴＶの画面の中で渚さんが私を見

て、みんなに紹介するときの、

「ばななさん」

と言ったその優しい表情の方が、その体の向きのほうが、多くを表現していた。

誇らしいんでもない、媚びてもいない、余計なことは一切したくない、でも大好きになってくれたことが嬉しいんですよ、っていうただそれだけのことが全部入っていた。

やはりＴＶに出る人の体の表現ってすごいなと思う。

そして私はそれを読み取る側の仕事なんだ。出る側ではない。

それがお父さんが言っていたこと。

渚さんとゆきえちゃん

◎ふしばな
恐怖のだんまり作戦

これに関しては、町田康さんがエッセイ[*7]（確かこれだったと思う）で書いていらしたので、私が発見したことではない。というかそういうセオリーやノウハウが昔からあるということだけは確かである。

ちょっと面倒くさいクリエーターに会うときは、彼らは複数でやってくる。その彼らは「プロデューサー」であったり「編集者」であったりする。

複数なのは、圧倒するためと「だんまり」がしやすいからだ。

用事があると呼び出したくせに、彼らはずっと黙っている。

ものを創る人は基本沈黙が嫌いな内気さんだし忙しくて時間がもったいないから、つい口を開いてしまう。そして自分から自分のやる企画をぺらぺら話して作り出してしまうわけだ。

彼らはそれをじっと待っている。

そして話し出したらしめたものとばかり、持ち上げたり、ギャグに笑ったりして、いい雰囲気に会合を持っていく。企画は得られるし、機嫌も取れるし、自分たちで企画を出して面倒くさいクリエーターに否定されてしまうこともないし、「あんたが言ったんだから」というわけで責任も取らなくていい。

町田さんはさすが舞台に立つことのプロである歌い手、だんまり返しができるところまで発展しているが、私はまだまだだ。つい面倒になって自分でしゃべって終わらせてしまう。

あの、だんまりを前にしてじっとしている時間や、相手が自分の言うことにお上手を言いながらちっとも自分の話に興味を持っていなくて明らかにただ時間をつぶしている、という虚しさを一度でも経験したら、だれもが私のように半引退をしたくなると思う。

そういうのは若い人たちでやってくれ、と思ってしまうのだ。

他の業界や国家では、たとえセンスは炸裂していなくても、普通の打ち合わせとかちゃんとした企画書とか契約がある場所がちゃんとある。私は基本的には「ルール無用、やったもん勝ちの業界」にではなくって、そこに生きているのである。

会うとちょっとエロい自慢話と辛辣な批評と自虐ギャグをしゃべりだす見城さんとか、沈黙に耐えきれずにしゃべりだしちゃう石原さんとか、相手の時間を奪わないようにむやみにすぐ帰っちゃう壷井さんとか、ラッピング無しの花束を差し出す小湊さんとか、大勢で来ると悪いと思ってと言って、ひとりでなんでもやろうとして疲れちゃう加藤木さんとか、なによりも悪かったと思うことを有利不利関係なくいちばん最初に言い出しちゃう台湾のフィルとか、もちろん他にもそういう人がたくさんいるから仕事を続けていられるんだけれど、私はなんかそういうデコボコした編集者さんが好きだなと思う。

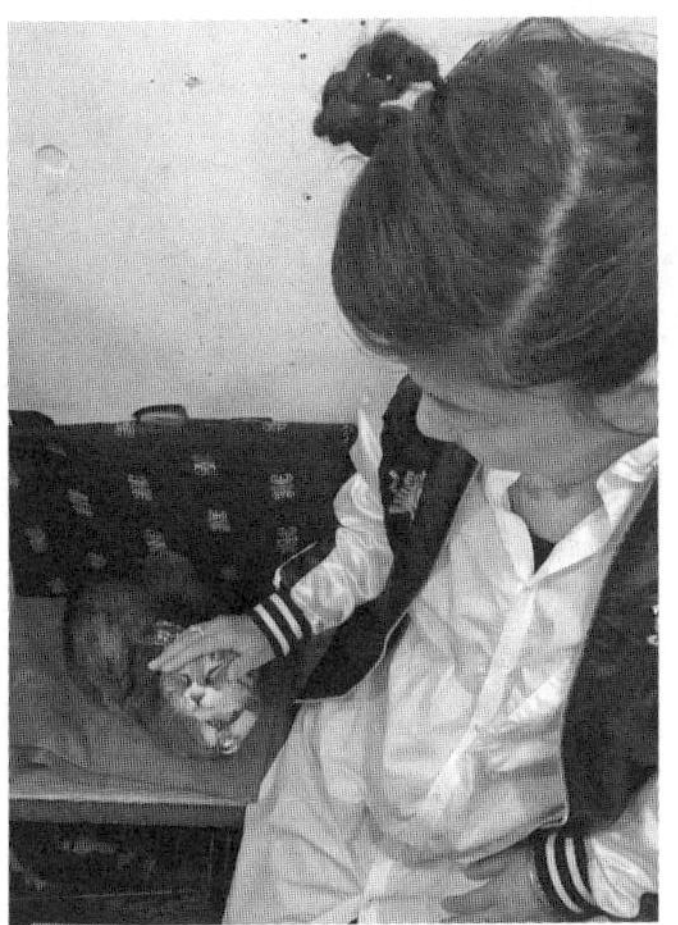

ティッチャイの猫エムちゃん

三つ子の魂

◎今日のひとこと

「ひえ〜、恥ずかしい」

父の全集[*8]のこの巻を見たとき、私が思ったのはこのひとことでありました。

父と川上春雄さんという方の書簡がそっくり載っているのですが、うちの家族の当時の生活の全てが載ってしまっているのです。

その書簡集やおじいちゃんとおばあちゃんへのインタビューからは、私のルーツが生々しく伝わってきます。

もう決して戻ってこない、親が若かった時期。今の私よりも歳下だった両親の生々しい声。

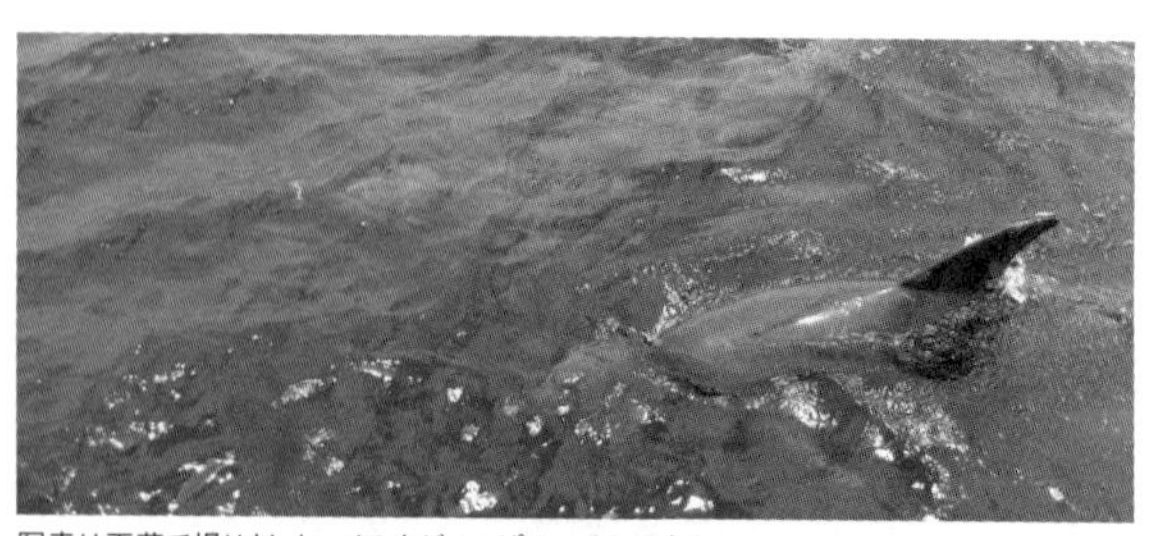

写真は天草で撮りました。イルカがいっぱいいるんです！

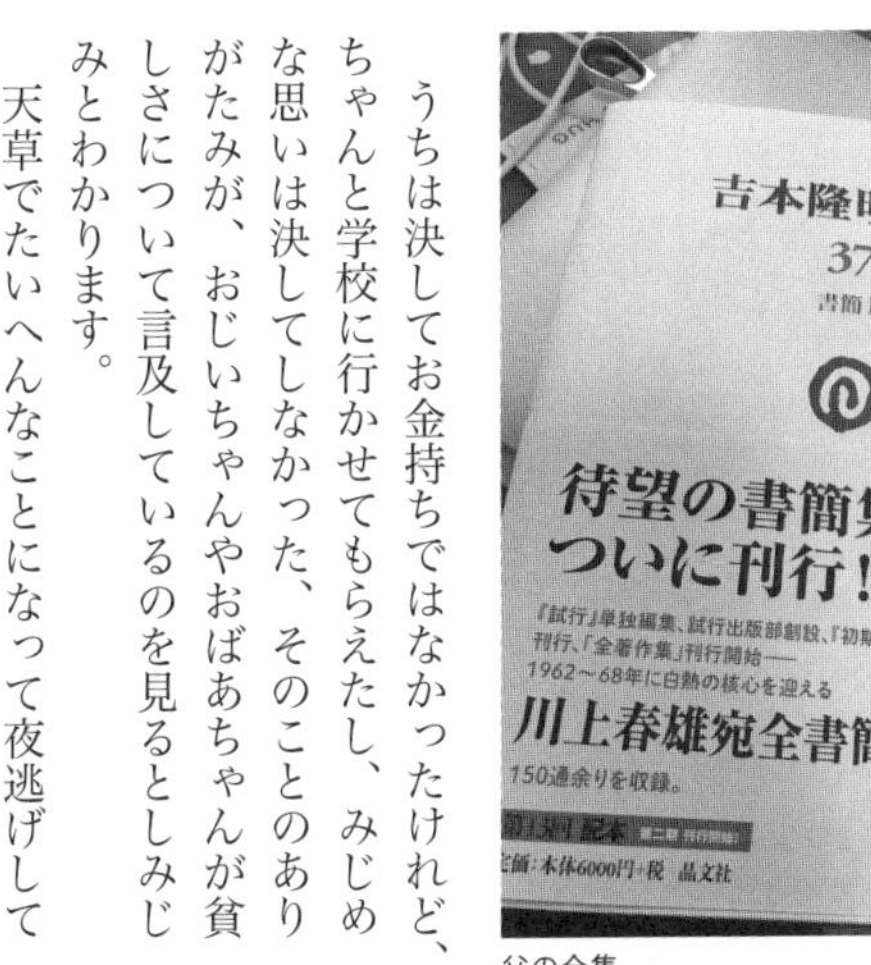

父の全集

うちは決してお金持ちではなかったけれど、ちゃんと学校に行かせてもらえたし、みじめな思いは決してしなかった、そのことのありがたみが、おじいちゃんやおばあちゃんが貧しさについて言及しているのを見るとしみじみとわかります。

天草でたいへんなことになって夜逃げして来てしまったんだな、とか。

評論なんていうお仕事で食べていくのは、しかも私のようにギャランティ次第で仕事を判断することを（笑）一切しなかった父はほんとうにたいへんだったんだなとか。

お父さんの字、懐かしい。

奥さんのことは「家内」と呼び、自分の親に生活の悩みをぺらぺらいろいろしゃべらない。そんなこの世代のリアリティも。

わけてもおかしかったのは、川上さんのメモの中に、

「二女　真秀子　よく食べよく笑う。にこにこしている。父親とねむる。（父親なしではねむらない）」

とあったことです。

オレ、あらゆる意味で変わらね〜！　全く変わってない。

持って生まれたものはもうしかたない！

だからもう、とりつくろわずにのびのび生きるしかないんだなと思いました。

◎どくだみちゃん

遺伝

父が書簡集の中で、川上さんに対して、いっしょうけんめいなにかを怒りながら説明している様子があまりにも私のメールの文章に似ていて、苦しくなった。

読む方がどっきりするくらいきつい言い方だったり、正確すぎて相手をとことん追いつめていたり。


でも私にはわかるよ、お父さん。

お父さんは、怒りにまかせて書いちゃっているのではないし、相手を憎んでいるのではない。

自分の中にある疑問をちゃんと冷静に書いて、全てをとにかく果てしなくきっちりと正確に書いて、相手になるべく厳密に伝えたい、それだけが自分の愛情である。ただそれだけなんだよね。


私も心をこめてやたらと長いメールや手紙を書いていた時代があった。ときには大げさに、そして必死で。読むのもたいへんだとわかっていながら、どうしても状況や気持ちをわかってほしくて。その比喩の中には人を傷つけるような悪口めいたものもたくさんあったと思う。

あるときから、私はそれをあまりしなくなった。

それでも遺伝は恐ろしく、人に比べたら充分やってしまっているんだけれど。

そのあるとき、とはこれだ。

こえ占い千恵子[*9]ちゃんが、

「なにか文句があるときはメールで書かないようにな。あんたが書くとさ、それは『武器』になっちまうからな」

と私にアドバイスをした。

それはほんとうに、目が覚めるようなひとことだった。

愛のつもりでナイフをふりまわしてたんだ。

私もお父さんも。

ばかだね。でも愛おしいね。

実家の近所の大きな木

実家、父の定位置

◎ふしばな
ほんとうだった！

天草に実家のお墓まいりに行ったとき、うちの本家のわりと立派なお墓（ちなみにうちの父が眠っている東京のお墓はこんな感じで超小さい。

小さなお墓

おじいちゃんが生き方としてはそのほうがいいと言ったらしい）とか父方のおばあちゃんの実家だとかが、海をのぞむのどかな環境にあったのがすごく嬉しかった。

お墓とその町の人が仲良く暮らしているようなすてきな墓地で、胸がいっぱいになった。

急に行った私たちに父方のおばあちゃんの本家の人たちはとても優しくて、とにかくこれを持って行って飲みなよとたくさんのオロナミンCをがちゃがちゃ言わせながら持って来てくださった。ステテコ姿だったり、部屋着だったりしたおじいさんとおばあさん。

遠く血が繋がっている喜びを感じた。

暑い日のお墓まいりの後の、あんなにおいしいオロナミンCを飲んだことは人生になかった。

そこにものすごく墓石が立派な大きい「小山家の墓」があったのを見て、私たちは敬称も略し、「こりゃ小山薫堂の家の墓だよ！　まちがいないよ、天草だって言ってたし、すっごく立派だもん！」

と冗談を言いながら笑った。

しかし！　それはほんとうだったのだ。

のちに小山薫堂さんとお仕事をしたとき、私がそのお墓の話をエッセイに書いたら、「その同じ墓地にうちの本家のお墓もあるんです」とおっしゃっていた。

あの墓の立派さの違いが、彼と私の収入の差に見事に反映している気もするが　笑、そんなことはどうでもよくって。

今日もあの海が見える、すてきな風が吹く墓地で、私のご先祖様と小山さんちのご先祖様が仲良く並んで眠っているんだなと思うと、幸せな気持ちになる。

本家の少し大きいお墓

佃島にて両親と

家事革命（日本は遅れてる？）

◎今日のひとこと

犬の介護で、汚れきったバスタオルが一日十枚くらい出るようになって、洗濯機がフル回転、乾燥機はついに使いすぎて壊れたという状況。

週一で来てくださるお手伝いさんは掃除のみ。

ほんとうは週二で洗濯と軽い掃除をやってくれるはずのお手伝いさんは更年期の体調不良で週一回来れればいいほう。

うちは共働きの働き盛りで寝る暇もないとか、座ってご飯を食べるひまもない日もたくさんある、子どもまだ十代、犬介護、身内に

恒例つゆ艸のカスタードプリン。おいしいよ〜

病み上がりありでそちらにも通っている。

その状況でついにベーシックな洗濯物（犬の汚れ物ではなくTシャツだとかタオルだとか靴下だとか）を配達してくれるというサービス[*10]を暫定的に利用することにしました。できるときは自分で洗濯して、困った時だけお願いするスタンダード会員です。今のところ大きな問題はないです（たまに靴下が行方不明になったり、見知らぬ人のライターといっしょに洗われたりしているので、繊細な方はむりだと思われます）。

前々から思っていたのです。

台湾、タイ、韓国（中国はあまり行かないので知らない）。その国々の都市部には、そういう状況に特化したサービスがとても多いのです。特に食。

仕事の帰りにちょっと買える、あるいは配達してくれる安くてヘルシーでおいしいものが街に溢れているので、たいていの働き盛りの人はそれを利用して、しかも健康でいられる。台北の人たちが朝、できたての豆乳を飲みながら通勤したり、ちょっと座って熱くてすっぱいおぼろ豆腐みたいなもの（鹹豆漿）をさくさく食べてるのとか見ると、働く元気を食からちゃんともらっているように見えるのです。

今、やっとUber Eatsや出前館が四十分くらいみれば、なんでも届けてくれる時代になりました。割高だけれど、この競争はどんどん進んでいくような気がします。

これって配達オンリーの仕事のニーズが増えたということで、他のアジアの国々の都市部のかなりの若い人が、普通にやっている仕事でもある。

　配達の人たちを見ると、若くてがんばれる世代が多く、昔だったら完全にバイク便か宅配便か酒屋の配達をやっていたような感じの子たち。

　そりゃ他の仕事があればいいけど、とにかく毎日稼ぎたいよね、みたいな。

　これがいいことなのか悪いことなのかわからないけれど、ニーズがあるのは確かです。

　そしてそれは「みながいちおう企業に就職できた」時代からうんと変化していて、新しいタイプの貧困層が生まれてくる（実はもう確実に生まれているが、ニュースになりにくいだけ）可能性があるということ。

　その人たちが時代の変化を見ながら起業を夢見て楽しく暮らせる日本であることが国としては必須なんだろうけれど、国民性も国の政策も人々の健康も、今のところいかにも破綻しそうでこわい。

　ソウルで崖の上かと思うくらい高いところ（貧しい人が多い区域）に住んでいる、配達、飲食の店員さんや洗い物係（韓国ではびっくりするくらいの数の焼き網が汚れるから）、運転手さんや警備の仕事をしている人たちは、財閥の行くようなところには行かないけれど、昔の日本みたいにまわりと助け合って、手作りのものを食べたり、安くておいしい飲み屋で飲んだりしている。それで貧しくてもなんとか夢とか希望を持っている（もちろん持っていなくて苦しむ人はいつだってたくさんいるから理想化はできない）。

　そういうことがチェーン店で信じられないくらい素材が悪い食べ物以外は安くない、東京の状況で可能だろうか?

でも「串かつでんがな」とか「サイゼリヤ」とか(めっちゃ実名だな)、その感じでもそこそこしっかりしているところもたくさんあるし、人ってやっぱり安くておいしいところに行くから、東京の人がいくら食に鈍感でも大丈夫だと思いたい。

ついに都市部は仕事をする人が住むところにほんとうに特化し始めたんだな、これが早いのか遅いのかわからないが、確実に何かが「変化」した。そう実感しました。

個人商店は立ち行かなくなったけれど、ピンポイントのニーズで配達で起業は可能性が出てきました。

もしかしたらこれから「自分でやるよりもコストがかからないし、ぶっそうな人がやってるから用心する時代でもない、若くてまじめな人が配送をやってる」そういうことが増えていくのかもしれない。

そして古い世代の私には(なにせ『ひよっこ』をリアルに感じるくらいだから)、なにかと「ほんとうにこれでいいの? 洗濯をうちでしないなんて、バチが当たらない?」っていうようなものばっかりなんだけれど。

ケータリングのベーグル

◎どくだみちゃん
それでもやっぱり

太陽の下で自分で干したせんたくものの匂いが好き。

どんな柔軟剤よりもいい匂いがして、何日も保つ。

晴れた朝に洗って干して、この陽ざしなら夕方前にはぱりっと乾いているだろうと思いながら、家で仕事をしているときなんて、至福を感じる。

布ものがどんなに多くてたいへんでもやっぱりそう思う。


家でベーコンもなし、鶏がらもなしの、野菜だけで味つけは塩とオリーブオイルとオレガノのみのミネストローネを煮込む。

旬の野菜だけの材料を並べて、ただ切って、アクもろくに取らずにただ煮込む。

やがて野菜のいい匂いだけがいっぱいに満ちてきて、ゆっくりと日が暮れていく。

特別な料理ではないのでだれも特に喜びはしないんだけれど、家族といっしょに食べよう。

この幸せ以上の幸せをなかなか思いつけない。


このことを「選べる」可能性がある。それが都市部の生活の良さではないだろうか。

いいところどりとも違うし、手抜きでもないし、かといってぜいたくでもない。


あるとき（病気をしたとき）に食事で治してから、化学調味料や甘味料の味がすごく鼻につくようになってしまい、スーパーとかコンビニのお惣菜が自分にとって全滅になってしまった。

だから偽ヴェジタリアンで、野菜と塩とオイルだけで自炊する。

それがないときこそ、配達でなんとか工夫する。

体は必ず応えてくれるので、体のためにかけるお金はケチらないようにしたい。

コンビニは便利でなくてはならないものだけれど、そこで安かったお惣菜よりも、レタス一個を買ってきて炒めたほうがいっそう安上がりだし、そこで費やした手間は苦痛ではない。

宅配の野菜は高いけれど、うっかり頼みすぎなければコストは抑えられる。

具沢山のお味噌汁だけでしっかり一食になる。数食のときもある。

でもたまには外食もしましょうか。

そんなことが「選べる」のも都市部のいいところだろう。

都市は働くところ。でも、やっぱり「人間」がいるところだ。

育ったいちごちゃん

◎ふしばな

新しいケース

この間聞いた、もやもやするうわさ話。

日本にいるあるフィリピンの家族の長男が、結婚したいと言っている。

お母さんは反対していた。

なぜかというと、婿養子に行くからだと。

そうだよねえ、大家族らしくフィリピンにいる親戚まで日本にいるその家族が養ってて、これから息子さんが稼いでくれるというときに婿養子に行くんじゃね、その人も女手ひとつで息子さんを育てて、再婚して、今はやっとみんなで暮らしている意味がわからなくなってしまうよね、当然当然。

と私が言った。

すると、違うんだと言う。

婿養子に行く、そしてそのお嫁さん（日本人）の両親がいっしょに住む二世帯住宅を建てる。婿だからその名義人がそのフィリピン人の長男になる。彼の名義で何千万円のローンを組むのだそう。お嫁さんはうんと歳上でもう孫をのぞめる可能性は低く、さらに彼の実家を嫌って寄りつかない。だからほとんど縁を切らなくちゃいけない上に、長男はたとえ離婚しても一生ローンを抱えたままになる可能性があると。

「そ、それって新手の詐欺なんじゃ？」

と私はつい言ってしまった。口が悪くて申し訳ないが。

八十年代には、フィリピンの美しい女性とパブで知り合って、子どもができて結婚してみたら、フィリピンの親戚を何十人も養うはめになって困ったよ！　でも子どもかわいいし、歓迎してくれるからだんだん楽しくなってきた！　という日本人男性や、その逆でつらくて離婚して慰謝料がたいへんという話をよく聞いたが、今や時代は「日本にいるフィリピン人にたかる日本人」になってきてしまっているのだろうか⁉

関係ないけど私の知人の男性（役職は部長）が昔フィリピンパブで遊んで、女性が「社長さん！　社長さん！」とすごくもちあげてきて、店が終わった後つきあってくれと言ってきたけれど、そこまではできないと断ったら、携帯の留守電に夜中に「あなたなんか社長さんじゃナイヨ！」と入っていたそうだ。

たしかに、社長さんではないよ！　笑

写真はラ・プラーヤの天才シェフの野菜だけのムース。赤ピーマンのソースもおいしい

三茶で見つけた珍しいお酒

ぬか漬けちゃん

なにかに埋まってなにも考えなくなりたい。

◎今日のひとこと

「がん持ち」の周りの人たちといっしょに、あるいはひとりで、和気あいあいと体にいいことをしたい。

そんな気持ちの初夏、私は個人的に「米ぬか酵素浴」に毎日のように通っていました。

冬以上に冷えるのが初夏や梅雨時。

十五分熱々で、お漬物のようになってぬかに埋まる、それはもはやジムでのトレーニングのよう！

しかし、終わったら青汁飲みに行こう！とか、涼しい部屋で冷たいお水やお茶を飲も

かすむ夜景、館山

う！　などと思うとものすごくつらくてもがんばれるのです。

私は三軒行きつけのお店があるんだけれど、米ぬか酵素浴のスタッフさんたちは、どのお店でも絶対的にお肌がつるつる。内側から輝くような感じで、すごく説得力がある。

それにしてもぬかをかきまぜたり、人に盛ったり、常にぬかを掃除したりしているのだからたいへんな肉体労働で頭が下がります。

人を救うお仕事なんだな、と思います。

湿気と温度がすごいので、施設が不潔になるのはとっても簡単。

でもまるで使命であるかのように、彼女たちはいつでも清潔に保とうとしてくれる。

きれいな米ぬかの施設って、なんとなく酒蔵みたいにいい菌が生きている感じがします。

昔銭湯、今米ぬか浴。

夕暮れに熱々の体を冷やしながら、街を行くのがマイブームです。

おいしかった姉の豆サラダ

◎どくだみちゃん

さよならの日々

あしたかあさってには死んじゃうだろう犬のために、ふかふかのベッドを買った。ばかみたいだけれど、買わないで床に寝かせたら後悔するだろうなと思った。

風呂上がりの濡れたままの髪の毛で、大きなベッドを持って、光降りそそぐ町の中を歩いた。

これ、生まれたての子犬のために買ったのだったら、どんなにご機嫌だろうな。

でもやっぱり嬉しい。

最後の夜をふかふかのベッドで少しでも心地よく寝てくれたら。

十三年と数ヶ月の、その犬生がそこで終わるなら。

家について早くベッドに寝かせてあげたいけれど、つくのがこわいような気もして、少し歩いて駅前までおいしいコーヒーを買いに行った。

いつもあの犬と歩いた道だった。

前の家と今の家の間を何回もいっしょに往復した。

どくだみの花が咲き乱れていて、これを、棺桶に入れてあげようと思ったら涙が出た。

お父さんも最後の頃、こんな呼吸をしていたなという安らかな呼吸を犬はもうしている。

今帰ってもきっとまだ息をしてるから、も

う一度は必ず会えるんだ、嬉しいなと思いながら、コーヒー屋の前のベンチでコーヒーができるのを待った。

永遠みたいな時間だった。そして空がとてもきれいで、この街はいい街だなと思った。

人生にはこんなときもある。

もうすぐあの子はモバイルになって、私の行くところどこでもまたついてこられるようになる。

どこに行ってなにを見ても、面影といっしょにその存在が近くに感じられるようになる。

苦しい体を脱ぎすてて。

それでも体があるというのは、その熱さに触れられるのはいいものだから、生きているっていいことなんだと思わずにはいられない。

生きているのも、死んでいるのもいいことだ。

私もそんなふうに去っていきたい。

あの子と同じに最後まで食いしん坊で、死にかけているのに甘い芋を食べてまわりをびっくりさせたりしたい。

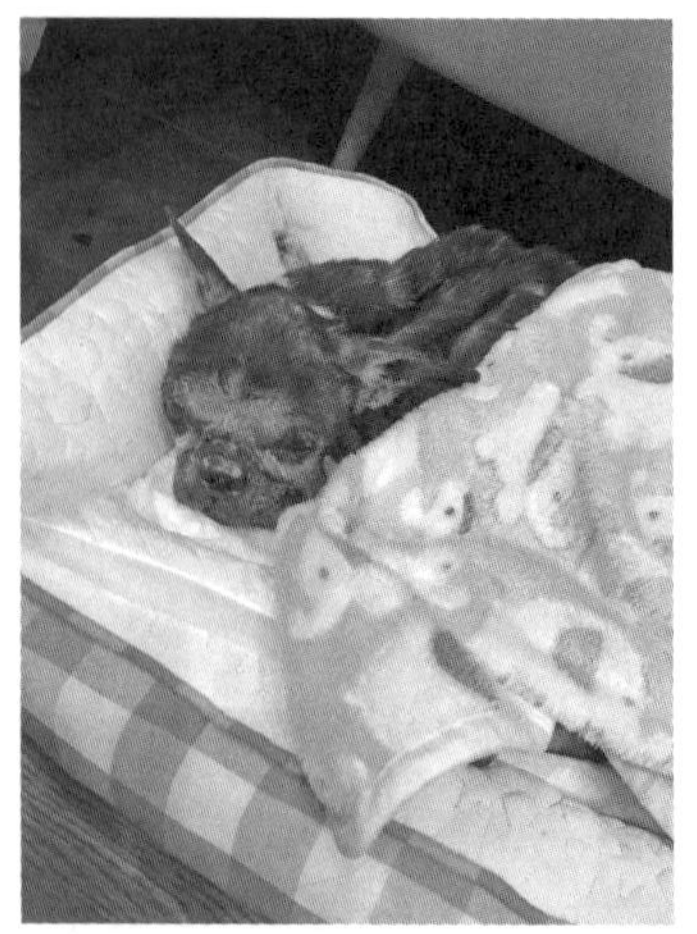

オハナちゃんお別れの直前

◎ふしばな

血のつながり

いとこといっしょにおがくずと米ぬかの酵素浴に行った。

いとこの半裸姿なんて四十年ぶりくらいに見たのではないだろうか？

全く変わっていないのでびっくりした。

姉もいっしょだったので全員が「吉本さん」、係のおばさんが「次の吉本さ〜ん」と呼ぶたびにちょっと混乱したりして、おかしかった。

昼間時間がなくて、ちょっと驚くようなひどいクオリティのハンバーグ弁当を食べてしまい、胃がもたれていたのだが体を温めたらすっかり治った。頭の中にまで汗をかくなんてなかなかないことである。あんなに汗をかくなんてボクシング以来ではないだろうか？

自分だけで行くときは帰りも健康的に青汁なんだけれど、姉といとこがいたから当然！ビールを飲みに行ってしまった。

酵素浴のあとのビールはものすごくよく回るので、安上がりでいい。

私が手羽先をかじってほっぺたにごまがついていたら、いとこが間髪入れずに手でぬぐってくれた。その表情が父と全く同じだった。無心で、反射的に、人にいいことをする表情。

あ、いとこなんだと思った。

同じ血が流れてるな、と思ったのだった。

かごが好き

家事革命の終わり（早！）

◎今日のひとこと

犬が亡くなったので、タオルを大量に洗わなくてよくなりました。

すごく楽だけれど、なんだかぽかんとしています。

家中のタオルを昼夜の区別なく洗っては干し、どうにもならないくらい汚れたら捨て、なにかの修行のようなそんな日々もいつかは終わるんだろうと思っていたけれど、いざほんとうに終わってしまうと、大したことではなかったような気さえしてきました。

おしめをいやがるので「彼女の犬生の初め

池ノ上のカフェのシナモンロール

の頃、赤ん坊のおもちゃを食べてしまうのであぶないからずっとサークルかひもでつなぐかしていたのがすごくかわいそうだった。犬生の最後までいやなことをさせるのはいやだ」と思って、決心した結果、洗濯機がフル回転すぎて家族の洗濯物が洗えなくなって外部に発注するという本末転倒な感じの事態に！

しかし、もう家族の洗濯物で洗濯機（乾燥機は壊れたまま）を普通に使えるので、洗濯サービスは解約してしまいました。すごくていねいに畳んで当日届けてくださるので、またこういう事態が生じたら頼もうと思う。

いちばん学んだことは、洗濯物はためても別に腐らないということです！　でも、やっぱりためるのが好きじゃないから、一日一回こつこつ洗って干すんですけれどね。

あと、家族の汚れ物が外に出て行って帰ってくるというのに、なんだか違和感があり、微妙になじめなかったということ。こんなやる気のない自分にもそんな感覚まだ残ってるんだな、と不思議に思いました。

たたきを掃く箒がこわれたので、ついに買ってしまったのが「鬼毛箒」[*11]。前からいいとは聞いていたのですが、ほんとうになんというか、

ふさふさ〜、さらさら〜、ひゃ〜、楽しい！

みたいな感じで、高いけれど元は取れる。

電力を全く使わないですしね。

すごくきれいになることはないかもしれないけれど、すごくきれいにしなくても別にい

いし。

　ということで、ブラーバ（床を拭いてくれる掃除機）と箒だけで、たまに濡れたクイックルあたりで掃除問題は落ち着きました。

　炊事問題には後で「ふしばな」にて触れてみようと思います。

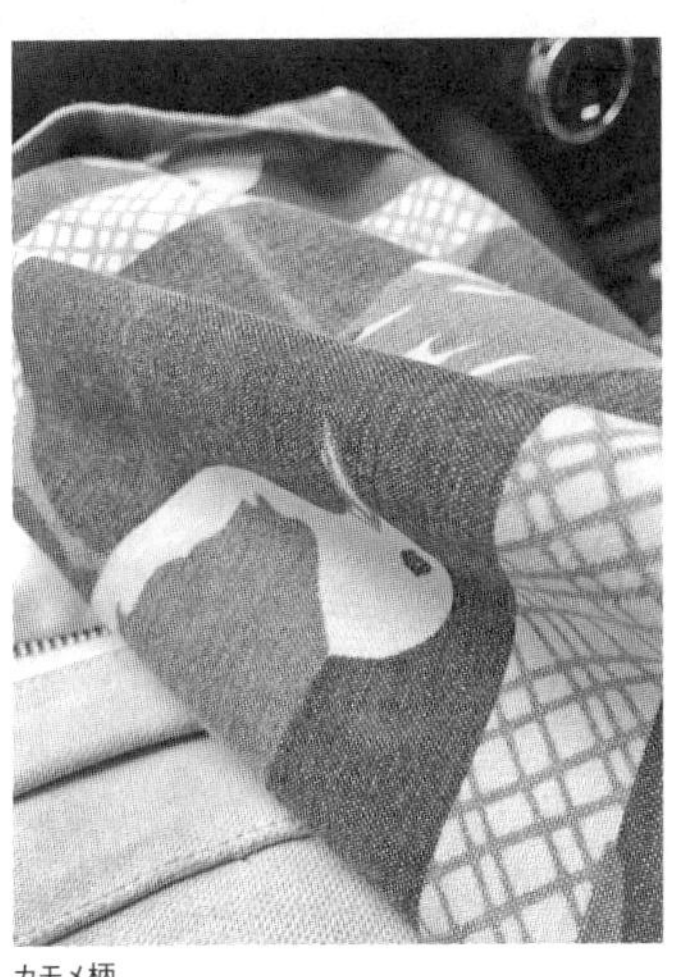
カモメ柄

◎どくだみちゃん

愛の暮らし

まだ目が無意識にさがしている。

あのすうすう寝息をたてている黒い温かいかたまり。まっすぐにこちらを見る大きな目。

自分があの子を探しているのに気づくと、感情は動かず自動的に涙が出る。

何かが足りない、欠けている、静かすぎる、そんな気持ち。

家族を失ったときの自然な反応だ。

今はこのままでいるしかない。時間は早送りできないし、戻すこともできない。


いつも水やタオルを換えていた明け方の時間に、あの子の死体が出てくるすごく嫌な夢を見てはっと目覚める。

こんなときこそ、十三年間ずっと、となりに寝ていてくれたあの温もりが助けてくれていたのに、もうどこにもいない。

父親はちょっと親友のようなところがある特別な存在だったのでともかく、母親が死んだときよりも悲しい。お母さんほんとうにごめん、でもほんとうだからしかたない。仲のいい親子だったら、もっともっと悲しかったと思う。でも私たちはそうではなかったから、そしていっしょに暮らしていなかったから、お母さんに会えなくなるのはとても悲しかったけれど、こんなにぽかんとはしなかった。

それに人間だったら、どんな近しい人でも自分の知らない面がある。知らない夢や希望や人間関係がある。周りが全く知らないかもしれないその人だけの小さな楽しみもあっただろう。

だから亡くなってもその人の丸ごとを悲しみすぎてはいけないように思う。自分との時間はその人にとってかけがえのないものではあるけれど、一部だから。

でも犬には自分しかいなかった。そう思うと、どうしても悲しく思ってしまうのだ。応えることができないほどのものをもらってしまったから。

自分の子どものように育て、親のように見送る。

そんなふうに、動物を「飼って」共同生活をすることの意味深さと矛盾に毎日打たれるような気持ちでいる。

夜中にはっと目覚めて「ああそうか、もう

タオルを替えなくてもいいし、お水もいらないのか」と思ってまた寝ようとすると、まだ生きているもう一匹の犬が側にやってくる。

　悲しむあまりこの子をおろそかにすることだけはしまい、と目が覚める思いがする。

　今は今、今すること、今しかできないことがある。だから私は立ち直っていくだろうし、生きているかぎり生きるだろう。


　いつか子どもが家を出て淋しくてしかたなくなったら、またフレンチブルドッグと暮らそう。

　それを小さな楽しみにして、こつこつと生きていく。


　いちばん悲しかったのは、まだぎりぎり息をしているあの子をなでたその手で、ちょうどいい大きさのＡｍａｚｏｎの段ボール箱をひとつだけ捨てないで畳んで取っておいた瞬間。

　私が出かけているあいだに息をひきとったら、家族が困るだろうと思って。

　畳んでいたら耐えられなくなって、段ボールを階段の後ろにしまったその足でもう一回まだ生きているその温かい体をなでにいった。

目をあけてぺろぺろ舐めてくれたので、

「オハナちゃんは世界一のフレンチブルだよ、ママのお宝もの、いっしょに暮らせて幸せ」と生後二ヶ月からいつも言っていたおまじないみたいな言葉を言った。

　そして「私がいないあいだに、どうしてももうがんばれないと思ったら、オハナちゃんのタイミングで去っていいからね、ママが死んだときには必ず迎えに来てね」

最後にそれをつけくわえた。

愛の暮らしは消えない。

終わってもどんどん強くなる。薄くなって軽くなってどんどん光が強くなっていくのだ。

そして人間と犬の関係にも最悪のものがあるのと同じように、人間と人間はなぜ愛の暮らしになかなか至ることができないのか、ほんとうに不思議だと思う。

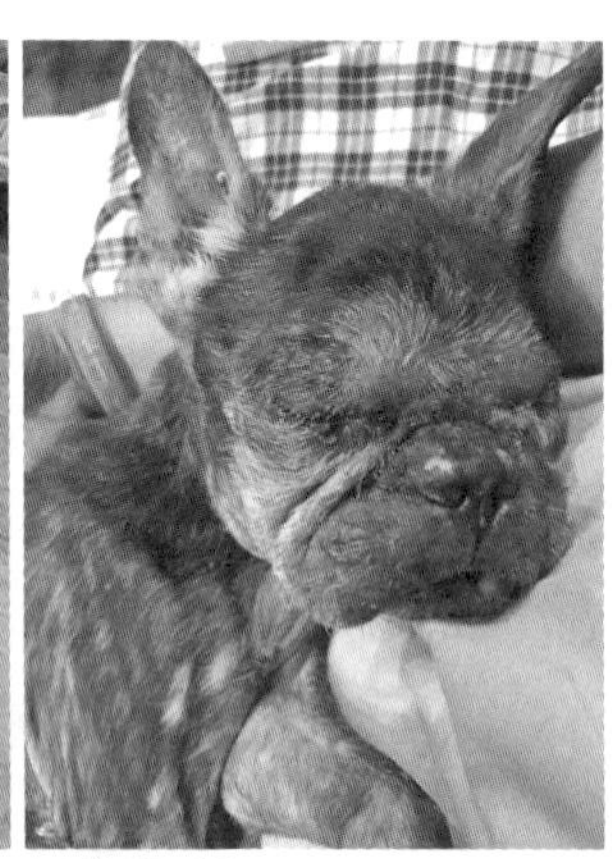

おひざで寝てます

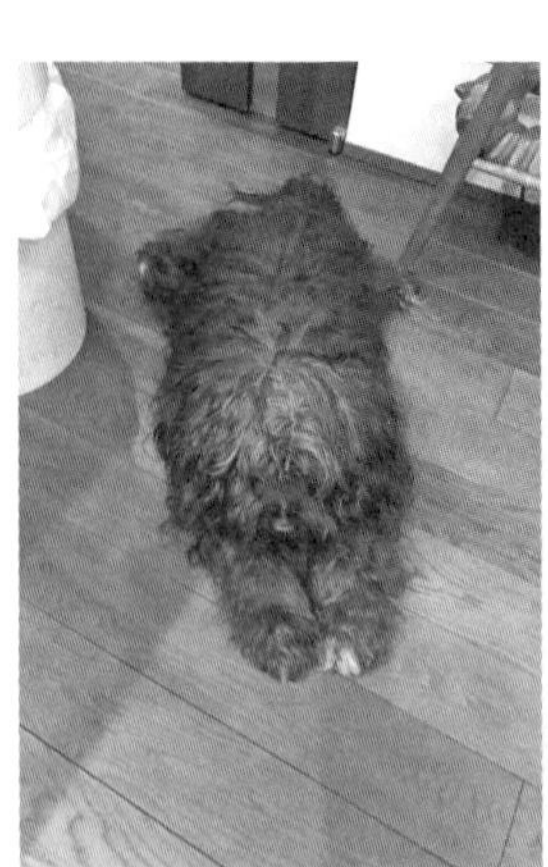

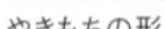

やきもちの形

◎ふしばな
理想の晩ごはん

年下の友人である、野生の女うえまみのごはんを数回食べたことがある。

日常に食べるものとして、考えられないクオリティの高さだった。

生きるために体に入れるガソリンとして、最上のできだった。

「中華街に行く前に末っ子にごはん食べさせるから、小腹が空いたときのために作った」とふつうに出てきたおにぎりのおいしさと言ったら！　米も違う炊き方も違うそして握り方も塩加減も違う！　どうしたらこんなものが作れるのか、それはきっと生き方の問題なのだと悟った。

彼女にしかできない毎瞬の選択が、そのおにぎりに結実しているのだろう。大げさだけれど、ほんとうだ。

ある日、犬を見に立ち寄ったときにも、ただゆでただけのとうもろこしをおやつにいただいた。塩さえふってなかったかもしれない。しかし茹で加減が特別だった。

なんだこの人、すごいなあ。そう思った。

街には人知れず偉大な達人がいるのだ。

くっついて見ていてもだめ、ちょっとゆるめながら観察して、ざっとお湯からあげて、とうもろこしのほうも気持ちがいいくらいの色で仕上げる。

それを別にわかってくれなくてもいい、自分が気持ち良い範囲でやってるから。

きっと言葉にするとそういうことなんだけれど。

三回目に行ったときは、たまたま晩ごはんをごちそうになった。たまねぎとにんじんがたくさん入ったちょっと甘い味つけのプルコギ。茹でて油でちょっと和えたぷりぷりのさやえんどう（おいしい季節だからと言っていた）。そしてあの完璧なおにぎり。

カウンターから居酒屋くらいの量で出てくるそれらをちょいちょい子どもたちと分け合って食べた。子どもたちは食べすぎることもなく、ちょうどよくさっと食べてまた遊びに入っていった。みんなで座っていっぺんに食べる感じでもない。作る方もタイミングを見て全部並べるでもない。

このあいだ会ったら、

「最近はごはんを炊いてお味噌汁さえ作っておいたら、子どもたちはそれぞれが勝手に好きなものを炒めて食べたりするようになってきた」と言っていた。

ほんとうにおいしいものを、いいタイミングで、食べたいように食べたいときにさっと、食べ過ぎないように食べる。それをしていたら、人はきっと健康でいられる。

上の子が下の子の食べたいものを手伝ったり、余計に作ったらみんなに分けたり、たまにはママにリクエストを出したり。

臨機応変、自由自在、しかしおいしい、さらに淋しくない。

ご主人はほんとうはみんなそろっていただきますをしたいタイプなんだけれど、残業などでいないことが多いから、それに他の家族のリズムがそういうふうにできているから、しかたなく合わせてくれているらしい　笑。

この間合いこそが女性の解放だなあと、も

のすごく感動したけれど、本人はきっと生き方の一環としてただやっているだけなのだろう。

りんどう湖

レモネード

出会うことと気づくこと

ピンチに学ぶ

◎今日のひとこと

場の真ん中にいるお父さんは威厳があっていつもちょっとこわいもの。

でも、決して声を荒げたりしないし、機嫌次第で人を振り回したりしない。いる人全員の様子をちゃんと見ています。そしてとても大きな優しさを持っている。でもその思想に筋が通っているので、容赦ない言葉を発することもあり、みな少し緊張しています。

それでも集まってくる人たちはお父さんのことが大好き。

お父さんの手伝いをする人たちも、そばにいていろいろ吸収したいだけではなくて、お

バリの夕空

父さんといる時間が大好き。

お父さんが疲れたら解散して、お父さんがしゃべっているときはずっと聞いてその思想を学び、そうでない時間はそれぞれの部屋でくつろいだり飲んだりしゃべったり。

そして昼は海やプールで泳いだり、ごはんを食べたり。

そんな時間の全てがみんながお父さんと話すあの時間に向かっている。

そんな時間を幼いときから伊豆で過ごしてきたからでしょうか？

兄貴の家に行くと、とても懐かしいのです。

兄貴は超夜型でもはや朝型と言っても過言ではないくらい。

夜中じゅう兄貴のお話を聞いて、白目をむいて明け方に眠り、午後はダラダラ過ごして、また夕方兄貴の家に行く。

門をくぐり、玄関に近づくと、犬や猫がお出迎えしてくれて、キッチンには働いている美しくかわいく賢く働き者のおじょうさんたち。その笑顔を越えて、兄貴のいるリビングへ。

中心のある生活。

みんなが中心に向かっているからこそ、それぞれが安心して自分の良さを発揮する場所。

そういえば桜井会長の道場[*12]もそういう雰囲気があるので、私はそういう状況に普通の人よりも慣れているのかもしれません。

人生でもかなりのピンチに近い気持ちにあったこの日々、ただ兄貴のリビングにいられることで私は大丈夫でいられた、そんな気がします。

兄貴にたくさんインタビューをして、兄貴がどうしてあんなに多くの人に会ってくれるのか、ごちそうしてくれるのか、根底にある「死」や「命」、そして「日本」への強い思いがやっとわかってきた気がしました。

楽したい、おいしいもの食べたい、お金持ちになりたい。自分たちだけが幸せならいい。余裕のある範囲だけで人に接しよう。

そういうことを全て捨てたあとでの生き方。覚悟と緊張感のある生き方。

でも他人の欲望には寛容なのです。

ぎりぎりを知った人でないと、できないことです。

私はじりじりとそうなっていけるのでしょうか？　このままへなちょこなのでしょうか？

より女性としてむりのない生き方に戻っていけるのでしょうか（男社会で肩肘張って働いてきたから男みたいになっちまったからなあ……）？

「このまま置いておいたら必ず暴れる地方の親分を店から連れ出すのが、俺の仕事やったんや。それで『親分さんやないですか！』って知りもしないのに明るく声をかけて、いっしょに他の店に行くねん。店の外にはもう車待たせておいてな。でも後日『先日お世話になったお礼に』ってその地方に招待されるねん。行きたくなさバクハツや、ほんとうにいやったよ。でも行くしかないねん」

兄貴はそんなふうに腹をくってきたことが何回もあるから、あんなふうでいられるんだ、そう思いました。

それを手伝うためならなんでもするって思っているから、兄貴の元で働く大和撫子たちはみんないい顔をしているんだなあ。

兄貴と

これをくれるならこれをやります、この時間の分もお金をもらえるなら残ります、あの人がこのくらいしかやっていないから私もこれでいいかと思ってます……みたいなものを、神様が助けてあげたいと思うわけがない。それだけはほんとうだと思うのです。

◎どくだみちゃん

旅のよさ

最悪のケースだと、とても大切な人と犬が両方出張中に死ぬ（ただし、その確率はとても低いから、行けることは行ける）。

犬が死んじゃったらどうしよう。遺体を置いておくわけにはいかないから、周りの人に埋葬してくださいと最悪の場合を想定して頼んでいかなくてはいけない。次に会うときはもう体に触れない？　それって悲しすぎる。考えたくない。

その「最悪」に気持ちを持っていかないように、そんな運命に自分があるとは思わないように、あらゆる神経を使って細いきらきらした糸のようなもののはじっこをつかんでいた。

悪い知らせが次々やってきたり、状況が悪化しても、淡々と受け止めて。元気な姿だけをイメージして。

今までいろんなことを乗り越えてきた私なのに、なぜか今回はとてもきつかった。

同じ三月だったたし、出張旅行中にお父さんが死んだことも生々しくよみがえってきた。

そうならないようにと思っていても、どんどん神経が細かく、視野が小さくなっていくのだ。

旅立ちが近づくにつれてだんだんいてもたってもいられなくなってきた。

愛犬はいつまでこうして寝ていてくれるのか。たとえ今回をクリアしても、そんなに長くないなんて信じたくない。

今までいつもいっぱいのごちそうが並んでいた、いっしょにそれを食べていたテーブルに具合の悪そうな彼女しかいない。また元気になってもいつも心配をして暮らしていくのか。そんなことに自分は耐えられるのだろうか。

そんなことはみんな意味がないことだと、あたかもそんなことがないように暮らすのがいちばんいいんだと、わかっていても、気を抜くとついそんなことを考えて目の前が暗くなってしまう。

下を向けば涙が出る。

でも決して鬱的なものではない。

犬と彼女（いっしょにしてごめん）の思い出が勝手に再生されてあふれてくるのだ。

いつか自分や夫にも同じようなことが来ることを考えるともう生きているのがいやだとさえ思う。本末転倒でわけがわからない。

でも、行かないという選択肢はなかった。

私は多くの忙しい人に時間を作ってもらって巻き込んだ仕事で出かけるのだし、自分も参ってしまっているから、バリのすばらしい気をたくさん持って帰ってきて病人たちを元気づけたい。

私がいなくては生きていけないような彼女たちではない。彼女たちは強くて、彼女たちを必要としている子どもなのは、私のほうなのだ。

無力で、なにもわからなくて、おろおろしていて、子どもみたいに他の命にすがっている、そんな自分を発見した。もう五十三になろうとしているのに、このざまだ。

相手に力をあげることのほうがずっとだい

じなのに。不安なはずなのは向こうのほうなのに。まだ頼っている。

しかし、なぜかもうひとりの自分はのほほんとしていてものすごく楽観的だった。

この人生、いつもその楽観的なほうの自分が守ってくれた。

なるようになる、どうにかなる。

どんなことが起きても、生きている限り私は生きる。

そして彼女たちが生きている限り、決してむりはせず、捧げすぎず、都度心をこめて愛していく。

それしかできない。

ただそれだけのことだ、と悟っていた。

それでも神経がだんだんすり減っていくのがよくわかった。

気づけば何回でも、旅立つ朝が来なければいいと、願っているのだった。

まるで不吉な予感を持っているかのように。

でもバリに行って、大勢でテーブルを囲んで同じごはんを食べていたら、自分の飲み物や食べ物を気にかけてくれるお嬢さんたちにお世話になっていたら、そしてどかんと昇る太陽や濃い緑の棚田やひたすら生きている人たちや犬たちを見ていたら、だんだんその神経の張りが薄らいでいった。

心配でないわけではない、忘れたふりをしたり見ないふりをしているのではない。

ただ、現実を現実のままに受け止める力がぐんぐん戻ってきただけだった。

兄貴も山も畑も空も海も旅の仲間たちもみ

んな大きくて優しかったから、自分の心にも力がついてきたのだった。人と自然が助けてくれたように思う。

人生最大のピンチだったのに、その気持ちの持っていきかたを学んだことで、ほんの少し大人になったような気がする。

大丈夫でなんでも投げ出してゆるくなっていいときなんて、ほんとうは人生にはない。

だからいつも心を明晰にしていたい、そう思った。

いっちゃんのおたんじょう日

◎ふしばな

一週間後

帰国した私を、思ったより元気な犬が立って迎えてくれたとき、そして楽観視はできなくてもまだ大切な人と人生の時間を過ごせそうだとわかったとき、いや、なにより病院で手術を終えたその元気な顔を見たとき、言葉にできないくらいのありがたくほっとした気持ちは、張り詰めていた気持ちと全く同じ力で私をゆるめていった。

別に問題がなくなったわけではなく保留だということはわかっているのだが、それでもやはり幸せなことには変わりなかった。

あれだけ真剣に張り詰めて祈ったことを後悔してはいない。あの自分に悔いがないからこそ、幸せを感じられるのだ。ただ、できればどんどん楽観的な自分にウェイトを置いていきたいものだとは思う。そっちのほうが人の役にたちそうだし。

彼女たちの命は彼女たちのもので、私にはどうにもできない。

だからこそ「自分がどうであるか」しかない。

毎日が極限の選択の連続だった。旅を中止にする選択ももしかしたらあったのかもしれない。でも私がただいたからって何になろう？　逆の立場だったら、私はどうぞ行ってきてほしいと思うだろうから。

世の中には外国に仕事で行きたくてもいけない運命の人もたくさんいる。私はたまたまこの場所に運ばれたので、それは風であり流れなので、やたらに力を入れて拒んだりはしたくない。

結果的にはバリで力をもらい、兄貴の大きな考えや編集者さんたち、家族、事務所のいっちゃんの働きぶりに触れてしゃんとして帰ってきたので、やっぱり力をあげられたからよかった。

万が一悪い方の事態になったとしても、私は後悔しなかっただろうと思う。

それでも、日本に帰ってきたら、体の力が抜けた。

そしてＳＩＭのことや連絡が取れないことや容量がいっぱいなことでもう悩みたくないので、容量の大きなｉＰｈｏｎｅを思い切ってＡｐｐｌｅで家族揃って買った。

ａｕの人はとっても親切だった。ａｕの携帯電話を追加で買ってくれるかもしれないのに、そうではなくてこうしたほうがいい、こういう方法がある、とわざわざ調べてくれた。こんな人ってまだいるんだ！　とすごく感激した。

ちょっとした散財だったけれど、バリで連絡を取るためいろいろ融通して疲れてしまったので、整えておくのがいいだろうと心軽く決心した。

その夜飲んだビールの味は、きっと一生忘れない心軽くなる味だった。

ほぐれていくことを今は楽しんでいい、明日も笑顔でいるために。そう思えた。

しか〜し！

その新しく大きなビルの中に入っていた珍しい魚の専門店、他がみんな満席だったのでとにかく入ろうと入ってしまったお店で、いつもながら衝撃的なメニュー展開を見る。

ひとり三千五百円の鍋コースで、鍋の最後には雑炊がつきますと言いつつ、雑炊セットは小さいおわんにごはんがちょっぴり、卵一個。これが三人前？　ひとりだったら何が来るわけ？　ありんこの飯かい！　と突っ込みたくなった。

さらに、たどたどしくやってきた自分の娘くらいの歳のおじょうさんが、せっかく濃く煮えたった、それっぽっちのごはんなら充分の量のだしに、ぬる〜い薄いだしをたくさん投入し、弱火でいきなり白ご飯をつっこんで、ぬるぬるかき回したあげく、ほとんど煮えていないうちに卵を回しがけてよそってくれてしまったので、魚出汁が生臭いったらありゃしない。

思わず自分でもう一回煮たよ。

いっしょうけんめいなんだから、しかたないよね。きっと料理もほとんどしたことないんだよね。そしてもし自分が彼女の親だったら、きっとこの子が作ってくれるならなんでもいいよって思うと思うよ。だから怒ったりしない。そのお店に入ったのは自分だし（多分もう行かないけど、あんまり細かくは考えない）。

明るく「自分でやりますよ！」と言ってみたものの、「いえいえ、お作りさせていただきますので」のシステムとマニュアルの前には負けてしまうのだった。

でも、なんかおかしくないか？

バイト以下の人たちがディナータイムを回している高級和食居酒屋っていうのは。

それをお客さんが納得するしかないっていてい

うのは。

　多分大阪だったらすぐつぶれるだろう。東京でもあぶないだろうと思うけど。


　そこで、バリでもらった勢いや力がしゅわ～とそがれていった。

　もちろん、もらったものはそんなちっぽけなものじゃない。

　ほっとしたことでわいてきた元気も、平和をありがたく思う力も、日本だから清潔な場所で産地直送のお魚を食べることができるありがたみも、全然減ってはいなかった。


　でも、そういうちょっとそがれることが、爪のささくれを剥いてちょっとイテッ、みたいなことが、毎日た～くさん重なるとわずかにテンポがおかしくなってくるのだった。気にしないけれどかすかに残る違和感、みたいな感じ。

　自分だったら、いちばんおいしい状態で食べて欲しいけどな、とつい思っちゃうみたいな感じ。

　そういう世界があることを否定していないし、気にして推進力が減ったりもしない。

　こんなとき言いたいことはいつも「こうあるべき」とクレームを言っているのではない。その先のことが言いたい。

　生命のエネルギーについて。

　どうせ生まれてきたからにはみんなが力を発揮している方が助け合えるんじゃない？みたいなこと。

　そうそう、バリの店の人なんてもっとてきと～で衛生面も悲惨だけれど、みんなにこにこしているし、食べ物の素材の味が生き生きと炸裂してるから、ちゃらになるんだな。

　こういう、ちょろ、ちょろっと力がそがれることが多すぎると思う。

　それで疲れてしまうから、人はますます人に親切にできない。悪循環だ。

　今日くらいはふつうに、三千五百円のものを三千五百円なりにでいいから食べさせてはくれまいか、なにせ今日は特別にいいことがあったのさ。

　そんな人っていっぱいいるんじゃないかなあ。

「今日はいいことがあったので、もういっぱい飲んじゃいます！」

「おお、そうですか、うちも経営ギリギリなので何もサービスできないけどちょっと多めについでおきます！」

みたいな。

　たとえつぶれてもそのほうが悔いがない気がするけど。

　だから、やっぱり安心できるお店だけにお金を落としに行こうといっそう思う。

　人が人として動いているお店、マニュアルではなくちゃんと判断できる生きた人のいるお店。

　大都会銀座のビルの中のレストラン、ディナータイムがどこも混んでいたら、車を飛ばして渋谷に行って、[*13]おみちゃんのところにでも行って、パスタ作ってもらおう。

　[*14]スガハラフォーは混んでいるかな。

　どこも混んでいたら、うちで野菜たっぷりの[*15]ラーメンでも作って食べよう。

　夜中でもラボラトリオなら開いてるかな。

今日はお金も入ったしふんぱつしてラ・プラーヤ[16]に行こうか！

お金がない（そういうときあります、なにせ借金返し中だから）！　え〜と、ティッチャイ[17]で大盛りまぜ麺を一杯だけ頼んで三人で分けよう。

そんなふうに、知っているところに行こう。その人たちの人生に対する敬意としてお金を払おう。

東京はすてき！　最高の街、自慢のふるさとだ。

なんでもあるしどんな楽しみ方もできる。ただしそれは情報を持っていたらだ。情報がなかったら、並み以下の体験でちょっとエネルギーをすり減らしながらうんとお金がかかることをがまんしなさいと、もっと露骨に言えば、高くてまずい気取ったお店で納得いったふりをして帰りなさいと、そういう場所になってしまった。

だから自由に泳げるために、いつも自分なりにしっかり人とつながって地図を作っていこう、そう思った。

平和がいちばん、自由に発言できる国なんてそんなにたくさんはない。

でもそれにボケてしまったら、面白いことが減ってしまうし、ちょっとずつ力がそがれて大きな力を動かせなくなってしまう。

いつも危機感を持っていたい。いつも自分よりもだれかに与える生き方をしていきたい。

ａｕの人が全然自分たちは得しないのにほんとうのことを教えてくれて、私に力をちょっとくれたように。

そしてあの高級居酒屋みたいに悪気なくちょっとだけそぐことはしたくない。とんとんとんとテンポよく食べ物が出てきて、熱いものは熱いうちに食べてくださいね！　というような場所で食べたり飲んだりしたい。

写真は最高のフォー、スガハラフォー！

どうでもいいのですが、この世にこれ以上にガーフィールドに似た人物がいるでしょうか!?　石原さんは世界一の編集者なのに……

みんなすごい

◎今日のひとこと

MAYA MAXXさんが苦しみの中から描き出したすばらしい絵の数々を何必館[*18]で観ました。

苦しみときらめきとそこから立ち上がってきた、まだマヤちゃんも見たことがなかった自分の新しい絵。やっと出会えた、マヤちゃんの心の奥底にあった絵たち。

長いつきあいの彼女が本気で描き続けていることが誇らしかったです。

アレハンドロ・ホドロフスキーさんが八十過ぎて撮った自伝第二弾「エンドレス・ポエ

マヤちゃんは、字もすごい。ほんとうにすごいと思う

トリー」を観ました。すごかったです。人生に必要なものがなんであるのかを、一見過激にしかしなによりも優しくエレガントに描いていました。一瞬一瞬が愛と教えに満ちていて、映像をただ眺めているだけでも自分の中に変革が起きる、そういう映画でした。

　全ての場面が、現実ではなく心の中で起きたことの映像化なんです。

　また、年齢とともに映画がよりシンプルにわかりやすくなっているというのもすごいことです。

　みながなにかを表現していて、それがすばらしく極まっていっているから、退屈するひまもなく惹きつけられて、胸がいっぱいになって、自分の今日をもいい日にしようと思える。

　人生はもちろんだれにとっても自由じゃない。肉体の制限がある。しがらみもあります。

　それでも人は自由の瞬間を、自己を発揮できる何かを常に希求して作品を創る。

　それを見た人は自分の中の自由を育てます。心開いていけば、必ず自分の中の自由を動かす風に出会えるのです。

　受け身ではなく自分のセンサーに従ってひとり探しにいけば、たくさんのそんな表現を私たちは観ることができます。その表現を好む人たちと出会うこともできます。

　創る方は血が滲むほど考えて、体を動かして、歌って、演じて、書いて、描いて。その時間に比べたら全ては一瞬で消費されてしまう、忘れられてしまう。そんな時代でもやっぱりやるしかないのです。

マヤちゃんと

◎どくだみちゃん

皆愛

私たち、こんなすごい世界にいるのに、どうしてそのことがつながっていかないんだろう？

どうして助けあえないんだろう？

どうして手に入る情報はなんとなくくだらなかったり人の足をひっぱるものばかりだったりするんだろう？

戸川純ちゃんが、喉を傷めたガラガラの声で、体調管理はちゃんとしていたのに悔しいと、もっといい声でみんなに聴いてほしいと、なんでこんないろんな声で歌うことにしちゃったんだろう？　一種類の歌い方だったら、なんとでもなるのに！　だから今日はどうにもならなくてごめんなさい、と何回も言いながらも精一杯歌っていて、それは決して自己満足や自己憐憫ではなくて、この人は世界に誇れる歌い手だなあと思わせる実力を持っていて（私たちは彼女のことを『守るべき才能』ではなく『やっかいでかまってほしいからメンタルが弱っているパフォーマンスをしている人』とマスコミに『思わされている』）、そして彼女が「歌いたい、歌っていくと決めたからには、歌を歌いたい！」。

としぼりだすような声で言ったとき、私の目からひとつぶ涙が流れた。

自殺未遂をしたときに「皆憎」と書いていたのに、新しく出た本の最後には「皆愛」と書いていた、純ちゃん。

その気持ちで歌う新しい歌を、歌い続けてほしい。

私も同じ。書きたい。書いていくと決めたからには、読んでくれる人がひとりでもいるうちは、書きたい！

いっしょにそう叫びたいくらいだった。

岡本太郎さんの像

◎ふしばな
すごすぎる！

ええと、お食事中の方はちょっと読みやめてくださいね。

その日の新宿ロフトはすごく混み合っていた。

正確にいうと、前のほうは意外に空間があったけれど、後ろのほうは当日券の人でびっくりするほど混んできて、トイレに行くのにもすごくたいへんなくらいだった。

そのあたりの人で具合が悪くなる人や座り込む人も出てきた。

私はバーのあたりに立っていて、今のところいいスペースにいるけど、第二部になったらがんばって前に行こう！　と思っていた。

すると、なんとなく人が割れて道ができ、中から若いお嬢さんがよろめき出てきた。

よく見ると、吐いちゃったものを両手を器にしてしっかり持ったまま、こぼさずに静かに急いで歩いている。そしてそのまま外に出ていってしまった。

日本人ってすごい！　と思った。

海外ならその場でブシャー！　で終わり（たぶん私も……）である。

そっと吐いてそれを周りもそっと察して、フロアを汚さないようにそっと退場……良し悪しではなくて、すごいなあ、と思った。

同じ機会に女王蜂とＲＩＺＥ[*19]のライブも観た。

アヴちゃんのような人がちゃんと美しく生きてきて、妹さんもかわいく、バンドの人たちも良い人たちで、苦しかった心の中を歌っていること自体が奇跡だと思う。愛おしくてしかたない人だ。

そしてＲＩＺＥだけれど、二世の子たちとして、まず親たちが夢見たものを全身にしみこませて生き抜いているところがすごい。それから演奏や歌がものすごくうまくなってるのもすごい。前はただ勢いだけだったのに！近年あんなすばらしいダイブを見たこともない。

でもなによりもいちばんすごいなと思ったのは、

「もう理屈はいらない！　だってかっこいいっていうのはとにかく文句なくいいもん！」みたいなことをシンプルに感じたのは久しぶりだということ。

京都の祇園で一杯飲むかとバーに入ったら、いかにも気さくな作りでえらく若い人がやっているのにやっぱり祇園らしく、いちげんさんはいちばんはじっこの席と決まっていて、飲み物も自分では決められなかった。

あとからきた常連さんも、もっと上の常連さんのためにカウンターには座らせてもらえない様子。

うわあ、京都だ京都だ！　と思いながら、慣れているので出されたものを淡々と飲んでいた。

店を出てからＭＡＹＡ　ＭＡＸＸが言った。

「あいつはまだまだだね、私や吉本が生きてきた道のすごさをひとめでわからないようじゃ。でもいいさ、好きなようにやれば。いつかわかるだろう」

その静かな自信の美しさに絵と同じものを

感じて、心強かった。

RIZE

ホドロフスキーのサイン

アヴちゃん

このままでいい

◎今日のひとこと

今日乗ったタクシーの運転手さんが言っていました。

「足立区のある街の駅につけていたら乗ってくるなり『まず、おれんち、その後は池田さんちお願いします』と乗ってきた人がいるんだけど、笑っちゃったよね。あの街では乗り場にいる運転手がみんな顔見知りなんでしょうね」

そういうのって、今一番必要なことなのかもしれないな、と思いました。

そんな感じでいいんじゃないか？　やたら見聞を広めなくてもって。

イタリアのシェフ、ロザンナさんのデザート

私が若いときに見聞をかなり広めたからこそそういうふうに言えるのかなあ、という気もしたんだけれど、やっぱり違う気がします。

　同じ場所からじっと世界を見つめていても、この世でいろいろ起きている全てのことを自分のこととして考えることができたらきっと同じくらい深いところや遠いところにいけるはず。

　少し前の事件だけれど、自分がＰＴＡの会長なのに小さい女の子が性的に好きなのを止められなくて、結果的に殺人者になってしまった。

　そのことで、日本を好きになってくれた小さななんの罪もない未来あるひとりの子がこの世からいなくなってしまう。

ど〜考えてもおかしいだろう！

　もっと小さいことで言うと、友だちが赤ちゃん連れでお店に入って「お水をください」と言ったら「お子さまのお水ですか？　申し訳ないのですが当店はお水をお子さんにはお出しできないことになっております」と言われたそうです。衛生面からの配慮なのかもしれないですが、昭和生まれの私にはわけがわかりません。喉が渇いている小さな子にはいつだってきれいなお水を出してあげたい。それが飲食店の心だと信じています。ハチミツだったらともかく、お水です。小さい子に出せないお水を大人には出しているのでしょうか？　それなら「小さいお子さんの入店はお断りしております」のほうがいいと思います。

　ど〜考えても変だろう！

　そのくらいのことが考えられなくなってし

まう、そういうのを近視眼的というのだろうと思うのですが、

「おれんちの後は池田さんちお願いします」はその対極にあるすばらしいことのように、私には思えました。

迎賓館でいただいた

◎どくだみちゃん

アドベンチャー・タイム

いつまでも冒険していたい
いつまでも友だちとくっついていたい
なんで大人にならなきゃいけないの
子どもの心のままでも生きていけるんじゃないの
いろんなくせのある人がいたほうが面白いじゃない
味方は数人いればそれでいいんじゃないの

役割とか使命とかそんなことじゃない
友だちと遊んでるうちに解決しちゃうんだ

氷の山も
緑の谷も

海も
湖も
洞窟も
なんでもあるけど
結局は友だちと暮らす
すてきなツリーハウスのあの部屋に帰っていきたい
お互いに好きな子や嫌な奴に出会った日でも
その子たちの話をしながらつるんでいたい
あの子が今日どんな顔してなにを話しかけてくれたかとか
あいつのどこが嫌いだとか
それだけでいい
明日も幸せ
こんな日が人生の終わりまで続けばいいのにな

君のいない日はなんだかつまらないから
早く寝ちゃう
でもそれは逃げじゃないんだ
とっても自然なこと
夜中の森にフクロウの声が響いて
暗く深い夢の中で
前世を知る
あるいは違う性別だった自分を生きる
あるいは自分の悪の側面と出会う
前の人生でも性別が違っても悪くても僕は結局おんなじようなことやってたよ
ほとんど進歩してないじゃない
変わりようがないよ
どうしようもないね
まあいいのいいの、ちょっとずつで
同じこと何回もできるなんて

むしろ自分ってよほど極まってるんじゃないのって
鼻歌を歌って
窓の外を見ると、朝日の中、
友だちが門を通ってにこにこしながら帰ってくるのが見える
僕に会うのが嬉しいんだ

この瞬間が最高に普通で最高に幸せ

桜

◎ふしばな
本領発揮

その人がその人を発揮する瞬間って、いつもはっと目をみはったあとでじわじわと感動が押し寄せてくる。

清水ミチコさんが前にうちでプリミ恥部さんの宇宙マッサージ[*20]を受けたときのことだ。

ミッちゃんを前に全く緊張も媚びもせず動じないプリミさんもすごいし、あんなに変わった服装（色とりどりの宇宙っぽい服と長髪）の人が行う変わった宇宙マッサージ（舌を動かしてその音がする）を受けてしっかりと「気持ちよかった〜、軽くなった！　すごいね！」と感想を言えるミチコさんもすごいと思った。

でも帰り際にミッちゃんが、

「ありがとう……でもあなたが有名になったらマネするからね！」と言った。

どんなときでもだれに会っても、モノマネを軸に考えている。さすがだと思った。

そうだよね、あんな特徴的な人のマネをしないでいられるはずがない。有名になったら、というところもすごくおかしい。

宇宙マッサージの人は宇宙マッサージを、モノマネの人は常にモノマネをすることに動じずブレずに、才能を中心に人生を生きている。それが多くの人を幸せにする。そのことがとってもいいなあと思う。

逆に言うと、それだけでいいんじゃないだろうかなと思う。

兄貴[*21]の本を書いているクロイワさんは、ほんとうにエリート街道まっしぐらの人で博士号も持ちとても賢いのだが「よくぞここまでわからないでいられるなあ」というような人材で、兄貴の周りにいる人たちは基本的に常に激怒しているかあきれている。どこからツッコンでいいかわからないほどにツッコミどころが満載の人物なのだ。

彼は一ミリくらいずつしか変わらない。その一ミリも愛とか恩とか信念とか人のためというよりは「成功したい」という気持ちを中心にしたものである。しかも自分がそうであるということを全くわからない。

これはこれですごい強さなんだと思う。日本の発展を支えてきたエリート層のすごみを感じる。

私含め、かかわった人たちが兄貴にその激怒をぶつけると「大目に見てやってくれ、彼は今の日本を悪い意味で象徴する人物だから、俺は最後まで面倒見ると決めた、いつか奴がわかる日が来るのを信じるしかない、それが自分の死んだ後でもかまわない」と一瞬で答えが返ってくるので、みなもちろん納得する。

銀行、学者、教授などのお仕事、つまりすごく賢くてあまり世間に接しないまま偉くなった人たちに多いタイプのそういう人たちに、私もよく仕事がら接することがあるしよくわかる。

よく「キッチンの頃に一冊だけ読みましたけど、さっぱりわかりませんでした。そのせいか今はほとんど売れてないですね！　まだ本を書いているんですか？」「女子どもの本はわかりませんね、なにがいいのか全くわからないけれど売れてましたねえ」などと出会い頭に真顔で言ってくる政治家さんとか市長さんとかがいるが、失礼とはなにかを知らないのだろうと思う。私も大人だから笑顔で接するが「なんだこのあいさつ、ウケるな〜」と内心思っている。先方が「こんなに社会的地位がある自分があなたを知ってるんだから」といういいことを言っているつもりであるのは確かなのだ。

また、事業に成功したお金持ちの女性の結婚式で「新郎は金のタマゴを産むにわとりと結婚できてうらやましい限りです」というスピーチをしていた会社重役もいたが、これも失礼を超えている。ウケすぎて吹き出してしまった。これではまるで国会中継である。

大切にしているものが真逆なので、いつまでたっても交わらない道。

でもそれはそれで人にいろんな大切なことを気づかせるすっごいキャラクターで、私も大きく学んだ。それは「それは変だよ、とひとこと言ってから」そのあとは冷たくもなく熱くもなく鷹揚に構えるという心のありかたのことだ。

違う世界の人なんだから、いつか心が動くときを待つともなく待つしかないんだな、というふうな。

これが人として同じ地球に、同じ時代を生きていくってことなんだな、と。

許すとか愛すとか変わってほしいとか、そういうのでは全くなくて「生きていることを認める」という大きなスケールで考えられる兄貴はすごいなあ、と思う。

そしてそんな中で変わらないでいられるクロイワくんもすごい。

どうなっていくのか自分も学びながら見ているんだけれど、とにかくクロちゃんがどんなにすごすぎても「まあいいか」ということがいちばんだいじなことなんだと思う。

その人がその人でいることでこそ、周りに大きな学びがある。

だからおかしくてもなんでも自分らしくいることだけが、人にできることなんだなと思う。

台北の夕暮れ

スガハラフォーのソフトシェルクラブ

人生の味わい

◎今日のひとこと

どうしても一度しっかり見ておきたくて、横浜のホテルニューグランドに前田知洋さんのマジックショーを観に行きました。

近くであのすごいマジックを見ることができるなんてめったにないことだから、貴重な瞬間をのがすまいと一生懸命になりすぎてしまい、二時間が過ぎた後には集中しすぎてめまいがしちゃったくらいです。

日本におけるマジックってヨーロッパやアメリカと違ってなぜかなんとなく下品だったり、下ネタが多かったり、すぐトリックを見

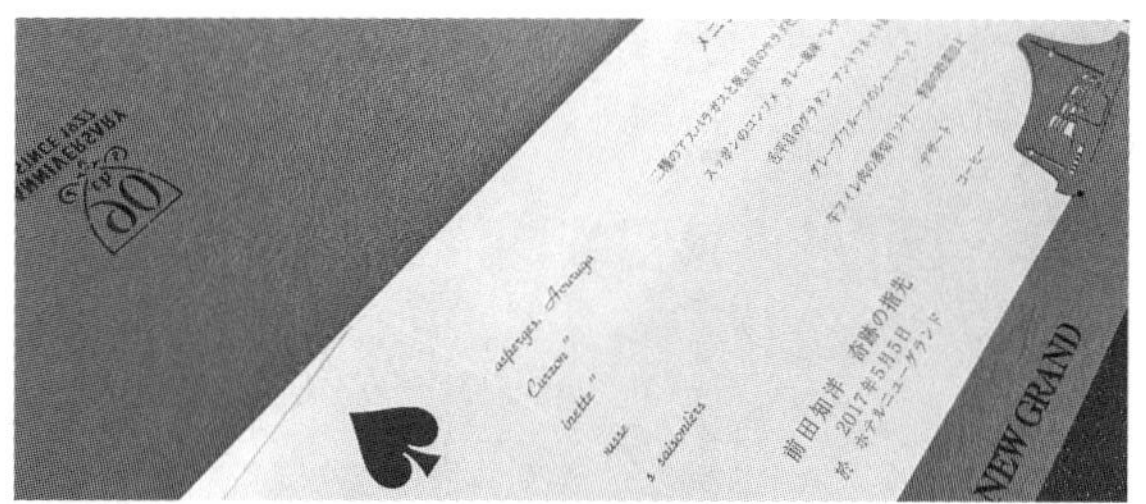

前田さんのショーのランチメニュー

破ってやろうとする人ばっかりだったりしてげんなりすることが多いのですが「よくぞ腕前を磨くだけではなく己のセンスの良さを貫いた！」と前田さんを見るといつも深く感動します。

どんなに孤独でたいへんな道のりだったか、どんなによくない方向への誘惑が多かったか（ショービジネス界の恐ろしさよ！）、それを超えて夢を実現させるためにどれだけ練習したのか、想像がつくからです。

「自分のことは自分が知っている、だからどんなに誤解されてもかまわない。ただ自分の美しい道を行くだけだ」

そういう毅然とした声が彼のマジックを見ているとずっと聞こえてくるようで、でもいつのまにかそのことさえ忘れてしまうほど面白くて楽しくて、

ああ、人がそのすごい技術で人に楽しさをあげるってすごいことだなと思いました。

私もそういう仕事がしたいものです。

場所もすごくよかった。

同じテーブルにいらした年配の方々が、このホテルには人の結婚式のときにみんな前泊するんだよね、昔家族で食事に来たわねえ、昔はバニラアイスがすごく珍しくておいしかったなあ、などと話されていると、裕福な人たちが築いてきた横浜の歴史の重みと美を感じます。

終わってから外に出ると、まるで今までのマジックとトリックの世界が幻想だったみたい。目の前で信じていたものが消えたり変わったりする世界から、横浜の海と観光客とお

買い物の世界が平和に広がっていました。

東京よりも広々としたバーニーズ横浜で無料のカクテルなんか飲みながら、買いもしないすてきなサングラスを一個ずつかけていたら、とても小さな、しかし確かな人生の幸せを感じました。

その幸せも、前田さんが今日の私にマジックといっしょにくれたものなんだなと思ったのです。

そのデザート、ちゃんとトランプのかざり

◎どくだみちゃん

愛

台所に立って洗い物をしている私。

ふっと気づくと寝たきりの犬がその大きな目で私をじっと見ている。

この世のどんなに美しいものを集めたよりも、あなたのほうがずっと好きですという賞賛と愛情のこもったまなざしで。

いちばんだいじなものを見るような、親が子を、子が親を見るような目で。

こんな目で人間に見られたことはないというくらいの、深い愛情。

あなたのすばらしい姿を目に焼きつけておきたい、絶対忘れたくない、そういう目。

私が彼女を見つめる目もそれと同じ。

この毛並み、瞳、耳、肋骨。どこも食べちゃいたいくらい愛おしい。

私の顔に寝じわがついていようと、髪の毛が白髪だらけでぼさぼさだろうと、しわがいっぱいだろうと関係ない。

こちらも関係ない。その犬の足が病気で腫れて太くなっていても、肌にできものがいっぱいできていても、全然関係ない。その目に映し出される魂の姿しか見えてない。

お互いが世界一美しい。そう思い合って見つめ合っている。

愛と愛のかたまりだけが確かにここにふたつある。

それはあるいはひとつのものになってしまっているのかもしれない。

なんで人間との間になかなかこの状況が起きないのか、私にはわからない。

あるいはあるのかもしれないが、人間同士はどうしても利害を奥底で計算するから。

昨日まで相思相愛でも、相手が気持ちを他の人間に移したら憎いとか。

たくさんごちそうしてくれるから大好きとか。

なんかそういうのがちょっとは働くから。


今まで彼女をどれだけ世話して、どれだけたくさんのごはんをあげたか、どれだけお金がかかったか、そんなこと彼女には全く関係ない。

ただただ見ていてくれる、だいじなものを見る目で。

だから動物には勝てない、そう思う。


そして思う。

生きているからには、ものすごく嫌われたりけんかしたり縁が切れたり妬まれたり、もちろんいろんなことがあるだろう。それが生きるということだ。

でも、なにものかにこんなにも愛された自分を、自分だけは嫌ってはいけない。

たとえどんなに太っていようがブスであろうがおばあさんになっていようが肌に透明感がなかろうが滑舌が悪かろうが寝不足で目の下にくまができていようが、自分が自分にもしかしたらどこかで嘘をついていてがんじがらめになっていたとしても、そんな私を丸ごと命ごと愛してくれる存在がいた。

それだけで私は顔を上げて生きていける。

あのまなざしにだけ応えたい、だから顔を上げて。

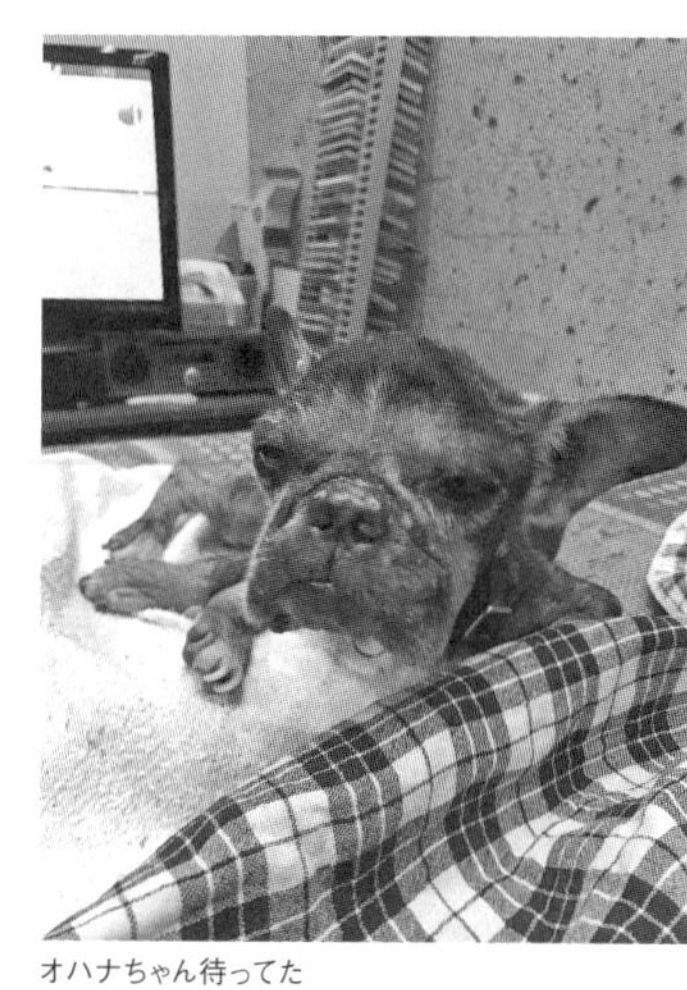

オハナちゃん待ってた

◎ふしばな

だからマジック界は苦手なんだな
というこの一面

小説でマジックを少し使うことになり、取材であちこちをたずねた。

そのとあるマジックのお店にはなんとなく下ネタとパクリの品が多く、接客は全くフレンドリーではない。はじめは「なにかを極めた人たちだから、クールなんだ」と思っていた。が、何回顔を出しても全く感じが良くならないので、単なるいやな人たちなのかもと思えてきた。

たいへんな仕事であまり実りがなさそうだからそうなるのか、あまりにも練習してどんどんプライドが高くなっていくからなのか、さっぱりわからない。

スタンプカードを忘れたと数年来の常連客の子どものひとりが言えば、二週間以内にもう一度来てくれたら押してあげるけど？　というだけで、レシートに押してあげる気配さえもない。彼らがグループでわくわくしておこづかいをためて六千円くらいずつ買っているのをつきそいの私は見たのに。

くじびきコーナーが目の前にどかんと完成された形で置いてあって、日付けの告知はない。見るともなしに見ていたら「あ、悪いけどそれ、明日からだから。明日の準備してるだけなんで。今日はいくら買ってもダメ」と言う。

彼らにとって、きっと子どもたちは未来のライバルにすぎないのだろう。大人でも少しでもうまい人が来ると、その店の人たちがこわいくらい意地悪くなるのを何回か見た。仲間をありがたく思う気持ちももう消えているのだろう。

取材のために（マジックの出てくる小説を書くので）最後の最後まで心開いて通ってみたが、もう行かないと思う。消費者の自由ってそこにしかない。

こういう奴になっちまう（笑）可能性がすごく高くあるから、マジックってむつかしい。

それが常にライバルがいるショービジネスに関わるということなんだろう。実力とチャンスでのし上がる世界だから、善良だとなかなかむつかしいのだろう。

でも私の知っている芸能人やマジシャンで一流の人にはなにかしら善良さがあるような気がするのだ。やはり見る人には伝わってしまうということなのか。

たとえそれが楽しませる目的でも人をだま

すことを生業にしようとしたら、志をいつでも高く持ってないと一流にはなれないんだなあとしみじみ思う。

前田さんがいっそうまぶしく思える。

前に上野の老舗マジックバーシマ[*22]で、トップマジシャンのサギー[*23]さんがカードで時間をかけて苦労して作ったであろうサッカーボールを、連れて行った子どもたちに嬉しそうにくれたり「あの本読むといいよ」「これできる？」なんて話しかけてくれているのを見て、ものすごく老舗なのに気さくで、こういうのがいいなと思った。

夢を売る仕事の人は、せめて心を未来をになう人たちにも開いていてほしい。

でないと業界全体が生きにくく下品なものになってしまう。

うちの桃の神さま

イタリアへの愛

◎今日のひとこと

運命ってほんとうに不思議で、イタリアに呼ばれている（出版社とか友人とかではなく、土地に）うちはスペインにはどうしても呼ばれない。そしてスペインに呼ばれるようになってからは、イタリアが少し遠くなりました。そして私はいつだって大好きでもフランスには呼ばれないのです。縁がないってこういうことなんだなって。

そして、遠くなってわかる良さもあります。今イタリアを（現役バリバリの仕事先としてではなく）思い起こすと、あれは私の青春だったとはっきり思うのです。

イケメンたちと

もちろんアジア内にもそれはあることで、なぜか韓国に呼ばれているうちは台湾にはあまり呼ばれなかったのです。

でも韓国と日本の関係がむつかしくなり、出版社の人たちと私の関係は良好であってもちょっと行きにくくなってからは、台湾が近づいてきました。

そのときどきにご縁のある国に行き、するべきことをする。だから自分では選べない、運命というのはそんな切ないものです。

若い日々、しょっちゅうイタリアに仕事で呼ばれ、その前後にイタリアじゅうを友だちとめぐっていたときには、いつか来る変化など全く想像できず、このメンバーで一生毎年イタリアを旅するんだと信じ込んでいました。

そしてまた来るから、次回があるから、そう思っていたのにもかかわらず、毎回別れはやっぱり切なくて半泣きでした。

いつしか私も家族を持ち子ども連れになり、旅のメンバーも結婚したり引っ越したり忙しくなったりして、きっともう二度と、あんなふうに長々と家を空けては旅をしないのです。

自分がもう若くなくなり、イタリアとの蜜月は終わった。それはとても悲しい気づきであり、失ったけれど大切な体験でした。

そして私はまた新たに呼ばれた国々へと仕事の旅をするのです。

いちばんだいじな気づきは、国でなくても、たとえ東京にずっといても、同じことが小さい規模で起きていることです。今いるメンバーとまた会えるとは限らない。いつも行く店がいつまでもあるとは限らない。だからこそ人生は旅なんですね。

さんざん待ったり並んだりしてやっと飛行機に乗り込んで座ると、旅の思い出をかみしめながら、清志郎が歌っていた「よそ者」[*24]という歌をいつも思い描きます。

船ではなくて飛行機なのに。

空港に入った時点で、もう戻れない。

さっきまでの旅先特有のぎゅっとした心が動きっぱなしの時間の中から、心静かな移動の時間に突入するのです。

この国にまた来ることができるのか、もう二度と来ることはないのか。

そればかりはだれにもわからないので、思い出をかみしめながらワインでも飲んで、映画でも観よう。そう思ったときにはもう心は日本の我が家にいるのです。それもまた幸せ。

トリュフがたっぷり！

ミラノのドゥオモ

◎どくだみちゃん

イタリアがくれたもの

ダリオ・アルジェントの映画をあまりにも何回も観たので、自分がイタリアに初めて降り立った時はとても不思議な感じがした。

あの世界の中に自分が立っている。

だから少し怖かった。怖いことが起きるような気がして。


まだぼんやりしているままで、出版社の社長主宰で晩御飯を食べに行き、社長ととなりの人と両方から話しかけられて混乱し、なんとなく立場上「ごめんなさい」と思いながら社長を優先していたのを笑って許してくれた、優しいお兄さん。

それが私の本を訳してくれたアミトラーノさんだった。

いっしょにパジャマを買いに行ったり、彼の恋人も交えてトスカーナやシチリアをめぐったり、大の仲良しになった。

私が死ぬときになったら、きっと、あたふたして社長としゃべっている私に、
優しい声で「訳しているあいだ、翠という人物に魅了されていました。ずっといっしょにいるようだった」と話しかけてくれたあの瞬間を、甘い気持ちで思い出すでしょう。

トスカーナのしんしん冷える空気、
きのこやいのししの肉の香り、
森の濃い緑、
しぼりたてのオリーブオイル、
血のように赤いワイン、
崖から見える古城、

凍りつきそうな教会のステンドグラスに響く聖歌。

シチリアのレモンの味、

不思議に枝をくねらせた質実剛健な佇まいのオリーブの畑、

海をゆく白い小さな船、

真っ青の夜の空、

闇に噴火する山の溶岩のきらめき。

ぴったりくる香水の香りだけを求めて、海辺の街でいくつもの路地を歩いた。

夕暮れには夕陽が沈むのを眺めながら、その最後の光の一滴ものがすまいと祈りながら、夜が始まる証のスパークリングワインを飲んだ。よく冷えていて開けたてのボトル、泡は二度と同じ形にはならない儚い模様を描いていた。

若くまだだれも自分を家で待っていなかった頃の、自由で心もとない気持ちで嗅ぐ海風の切なさ。

「ずっとこんな暮らしがしたい」とつぶやく友だちの声。

私たちはみんなまだ若くて、たくさん飲んで食べて、ぜんぶを自分の命の中に吸収していた。

もう若くない私は、あんな旅をすることはないだろうと思う。

でもイタリアが私にくれたものは、消えはしない。

夕暮れただ広場にいるだけで、まだ若かったのに、人生は短いものだとなぜか強く感じた。

人々はみな美しくそして少し悲しそうだったから。

こんなにもきれいな空、はるか続く海、完璧なフォルムの車たち、豊富な食材、豊かなワインのラインナップ、楽しい会話、石畳を歩くすんなりのびた足たち、それぞれの目の色や髪の色に似合うすばらしい布地の服たち。

イタリアはどれだけの形容詞の種類があっても足りないほどの美しさをたくさん抱いていて、それを味わい尽くすには人生は短すぎることを、私に教えてくれた。

アセロラらしい……

ドゥオモから

◎ふしばな

習慣

初めて出会ったイタリア人学生のうちに、みんなである月末に遊びに行ったら、学習机の引き出しのいちばん下の段に真っ白いブリーフを三十枚ためていた。月に一度まとめて洗うのだという。側に寄ってかいでみることはしなかったが、なんだか臭そうな一段だった。

三十一日ある月はどうするの？　と聞いたら、最後の日はノーパンか水着を着ていると答えた。

ううむ！

他の人を知らなかったからそれはイタリア人の習慣なのだと思っていたら、後になってそんなことをしている人は彼だけだということがわかった。

でも彼の行動の中で「そうじは必須」「ドアのすきまには専用のクッションを置いて冷気の侵入をふせぐ」「アイロンはきちんとかける」「欠けたカップは使わない」「裸足で人の家にはあがらない」「夕方にアペリティーボに招待されたら晩ごはんまでは長居しない」「基本人の話はじっくり聞いていない、会話が進行することが大切」などなどはイタリア人一般に通じるということがわかり、なんだか少しほっとした。

彼の実家のある北の街でクリスマスを過ごしたことがあるが、ほんとうに全てが美しく凍りつきそうに寒くそして不思議だった。

街一番の雑貨屋の娘だというものすごい美女がいたのだが彼女にはなんとなく影があり、

その人のお父さんは異様に背が高かった。

　私は数日前に「イタリア一背が高かった男の骨格標本」というのをフィレンツェの博物館で見ていたので、彼の骨格についてついつい考えてしまった。

　いろいろな人間が密かに恋愛しているくらいで別になにもダークなことはない街だったのだが、信じられないくらい美しい広場がクリスマスの飾りできらきらしていて、うっそうと霧が出ていて、その中を超美しいそのお嬢さんと超背が高いお父さんが並んで歩いてきたりすると、「ツイン・ピークス」などの街ものの怖い映画を思い出さないわけにはいかなかった。

　ずっと仕事で一緒に過ごして毎日笑って暮らした前述のアミトラーノさんと、そのホラーな街に行く前にフィレンツェの教会前で別れた。彼はローマに帰るところだった。次にいつ会えるのかわかっていなかった。

「淋しいなあ、淋しいなあ、よいクリスマスを」

　まだ二十代の私は、彼の手を手袋ごしにぎゅっと握った。彼もぎゅっと握り返してきた。

　冬の冷たい空気の中の古い町並みや、教会のドゥオモが美しいから、この悲しさがこんなにもしみてくるのだと私は悟った。

　悲しみは美しさによって、いっそ耐えやすいものになるのかもしれないと思った。

　日本ではそうではない。悲しみは風景にじわっと溶けるからいつまでも心が湿ったままだ。

　でもヨーロッパでは悲しみは独立した存在としてそこに立っている。

今もきっとあの石畳の上に、私の悲しみは立っているに違いない。

ドゥオモの内部

シーフードもおいしい

エージェントのとしちゃん、新婚旅行か!?

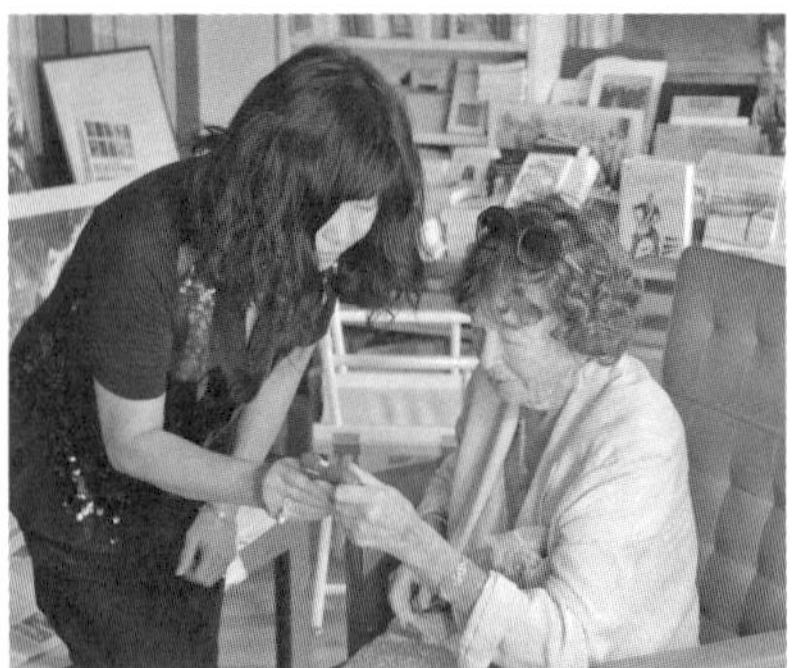

出版社の先代社長の妻、後出（P215）のすごいハガキをくれたインゲさん

美しく生きる

◎今日のひとこと

奈良の年上の友人の畑の野菜を使った試食会に行ってきました。

市長さんとか農家の方々が入り混じって意見を交換し、楽しいひとときを過ごしました。

「おいしい野菜をたくさん作って、いい魚を釣って、それが地元のレストランで料理されて、観光客がたくさん来て、そのお金を神社の維持とか観光施設の設備に回して、そうやってシンプルに生きていくモデルを今日本の田舎町で作らないと」と大神(おおみわ)神社でお勤めを終え、地元の神社の宮司さんになった彼はたったひとりで畑を始め、野菜をたくさん作る

大神神社

ようになり、地元の農家さんたちとも親しくなり、だんだんそのモデルを育ててきました。

「種をいくら植えても、一年で枯れるようになっているからまた種を買わなくてはいけない。そうすると育てる楽しみもなくなり、いつまでもお金がかかるから、生活もたいへんになる。在来種の野菜を育てて、毎年いい種を採れるようになれたら希望がある」

「うちは今、僕らが昼孫を見てて、息子たちが働いている。孫も淋しくないし、みんなでうまく生活を助け合って回していける。こんな時代にこんなふうに生きられるなんて、ほんとうに幸せですよ」

頼もしい、懐かしい、おじさんたち。人間力のあるおじさんたち。そのおじさんたちをしょうがないなあと言いながら見守る奥さまたち。

いい種を採れたら、いい畑が来年も作れる、その気持ちとか。

家を買ったら孫にもすんなりそんなにお金をかけずに住んでもらえるとか。

それが人間の希望というものでなくて、なんと呼んだらいいんでしょう？

私の知人が小さなお店を営んでいて、もちろん赤字だったけれどおいしいお弁当を出していて（『富士ファミリー』のような感じ）、人気があったから注文が多いときにはみんな徹夜で作っていました。ほんとうに大変そうでした。

場所が良かったからコンビニエンスストアのチェーンの営業が何回も足を運んで、お店を買い取りました。

私もコンビニの本社でバイトしていたからわかるのだが、彼らの営業はそういうお店をしらみつぶしに足で当たり、通行人の多い時間帯もその家の人の素行もちゃんと調べ上げる。だからあんまり失敗はないのです。

なので、彼らの暮らしはうんと楽になりました。

そしてそれはいいことだと思います。

でもどうしてだろう、その家の人たちに会いたいという気持ちまで、私の中からすっかり消えてしまったのです。今でも大好きな人たちで、会えば嬉しいのに。

彼らが長年商売人でいたことで得た、なにかとっても大切なものがなくなってしまった、そう思ったのです。

お休みの日には外食したい。

みんなが持っているようなものを自分も手にしたい。

汗をかいたり、時間に追われたり、お金のプレッシャーに追われたくない。

そんな気持ちの隙間にふっと入ってくる誘惑。

手間がかかるほうがいいなんていうことではなく、ていねいに暮らそう系の話でもなく、大企業は悪で搾取してるというのでもなくて、家族を結んでいた大事な小さな希望がなくなったような気がする、そう思います。

希望は、ああいう人間力のある人たちが作る野菜の中にこそある、そう思います。

集合写真

野菜料理

◎どくだみちゃん

奈良のどくだみちゃん

岩田美生さん

美しく生きると書いてよしおさん。

歌詞は奥様のお名前ですか？　と聞いたら、いつもそう言われるけど僕です、僕の名前なんです。

と言った。

彼は名前に恥じない生涯を全うした。

それよりもいいことはこの世にほとんどない。


想像を絶するイケメンで、ストラマーズを率いるパンクロッカーで、男のファンがみんなライブの爆音に負けずに「いわた〜！」と叫んでいた、男にモテる男、岩田さん。

植木屋さんでバイトをしていて、前に庭のある借家に住んでいたとき、うちの木も切ってくれた。

引っ越しで捨てようとしていた真っ赤なマッサージチェアを、持って帰ってもいいですか？　と彼は言った。座り心地もいいし、色もいいですよ！　って。

彼が死ぬまでのあいだ、あの椅子が彼をよくマッサージしていてくれたならいいなと思う。

強すぎないもみごこちだからと十年前に気まぐれに買ったときには、あの椅子がそんなに役立ってくれるとは思っていなかった。


寒い冬空の下で、商店街のイベントの餅つきを、重い杵（きね）に手こずりながらかっこよくやりとげた姿や、バイクに乗ってさっと帰っていく笑顔や、うちの犬を撫でてくれる大きな優しい手や。

常に反逆を歌っていたので誰にも嘘をつかない生き方をしていて、果てしなくいい人だった。

だから神様が早く連れていってしまったのかな？　と思うくらいだ。

商店会の彼の年上の友だち数人が、最後ま

できちんと距離を持ち、愛を持って見ていた。

その真摯なあり方は、彼のすばらしさにふさわしいものだった。

天国には爆音ライブハウスはあるんだろうか？

どんなに吹き飛ばされても立ち上がっていくと歌う場所はあるんだろうか？

きっとえんま様の前を、彼はにこにこして堂々と通っただろう。


はさみで植木の枝を切るぱちん、ぱちんという音がとても好きだ。

軽くそしてしっかりした響き。

うまい植木屋さんはいい音を出す。

音だけでわかる。


その音を街で耳にするたび、彼を思う。

もう高いはしごの上で木を切る、バンダナを巻いた彼を見ることはないんだな。

ステージで歌っているときも、植木を切っているときも、街を歩いているときも、いつもすがすがしかった、岩田さん。

サボテンがまた咲いた

◎ふしばな
がんばりすぎるでもなく、淡々と

昔から、とんでもなく強いお母さんがいる男の人に、すごく憎まれることが何回かあった。三十歳すぎたらだんだん「あ、この人変わりそう」とわかるようになって、近づかなくなった。

初めは恋愛か？　と思うくらい好き好き行動をしてくるのだが、ある日何かのきっかけ（ちょっとした口ぐせとか、疲れていてすさんだ対応を私がしちゃうとか）でその愛が憎しみに転じる。

それは人間関係にはつきものの間違った距離感を先方が持っている（すなわち甘えている）だけのことで、よくあることだと思うんだけれど、きっと精神科医の先生ってこういう転移を毎日経験しているのだろうなと頭が下がる思いだ。

愛憎両方を抱かざるを得ない強い母と関係がうまくいかなかった場合、他人の中にもそれを見てしまう、それもまたあたりまえの人間のなりわいであろう。

で、あるときまたそんなことがあった。

そのときのきっかけはその人が犬好きで、病気の犬にうちの幼児の歩行器が当たるのが許せない、それを放っておいている私はもっと許せないということだったのだが、犬は幼児がこない場所で寝ることも選べたので、好きでみんなのいる空間にいたいんだろうと私は思っていて、余計なお世話だと思った。

もちろん当たりそうになればいるときなら止めるし、止められなかったら歩行器から子どもをオフすればいいということだったからだ。

しかも子どもはやがて歩行器のコントロールを学んで、上手に犬を避けるようになった。

自分よりも力の強い男の人に憎まれるのはほんとうにいやだったけれど、犬にとって人間にとってなにがいいかは個々の家で考えるべきだと思ったから、ぐっとがんばった。実にいやな思い出である。

春菊さんもエッセイマンガで書いていらしたが、幼児がいる家というのは、ある種の他人にとって吸引力のある甘い蜜なのである。

しかし幼児がいる家は、手伝ってくれない他人の存在が家の中にあることが正直いちばん困る時期なので、そこで当然のようにもめごとが起きるのである。

一秒でも寝たいから早く帰ってくれと育児にへとへとな家の人は思っている。手伝ってくれるタイプの他人はそのことにもちろん気づくけれど、手伝ってくれない他人は絶対にそんなことには気づかないものなのである。

自分にもうっすらだが（そんなに人の家に長居する習慣がないから）経験があるから反省している。特に悪かったなと思うのは、外国でうちにおいでよと言われてその家の子ども部屋に泊めてもらったときのことで、子どもを部屋から追い出してかわいいベッドで寝かせてもらってしまって、今も後悔している。いかに勧められても、もうしないようにしようと思う。

で、その犬はしんどいときは歩行器がこない玄関やベランダで寝て、大丈夫そうなときはリビングに出てきた。それを選ぶ権利みたいなものこそが、自由とか尊重なのではないかと思った。

で、何が言いたいかというと、そんな人間の心の闇の不思議についてではないのです。

うちの家の今の階段は、狭いところにむりにつけているので空間を広く感じるためスケルトンなのだが、人間でさえ転がり落ちるほど急で、しかもうちにはびっくりすると噛む犬もいるし責任持てないから、幼児の出入りを禁止しているくらい。

そこを、うちの老犬が、毎朝一段ずつ、こつこつ降りてくる。

初めは階をわけて暮らすなどいろいろ考えたんだけれど、這ってでもいっしょに過ごしたいという感じで時間をかけてでもひたすらついてきてしまう。

そしてそのうち、その降りてくる姿を見て、彼女は何もむりしていない、ただ、降りるべきところを、使える体の機能全部を使って降りてくるだけなんだと思うようになった。

愚痴もなく、ああ、今日もまたあの階段降りるのか、しんどいなあ、もなく、ただ、こつこつと降りてくる。

「降りるに決まってるから降りてるんだ」というそのあり方に私は感銘を受けた。

公共の場はバリアフリーでないとほんとうにきつい。歩けなくなった経験があればだれでも身にしみてそう思う。

でも家の中は、かなりのところまでがんばれるのではないか、そのことがただひたすらに生きるということの何かに結びついているのではないか、そう思うようになった。

人間はどうしても「がんばって足を動かせ

ばまだ長生きできるからがんばろう」とか「がんばったからなんになるんだ」とかいろいろ考えてしまう。でも考えないでただひたすら環境を受け入れて動いていくというのが、いちばんすっと力を使えるし保てるのではないだろうか。

いつかこの階段を改装せざるを得なくなる前に、自分が這って上がらなくてはいけないときが必ず来る。そのときに犬のあの神々しい姿を思い出して、淡々と何も考えずに「動くために動く」ができますように、と願っている。

奈良で見た昔のオーディオ、かっこいい

奈良のサボテン

外村まゆみちゃんの創ったトマトモザイク

野良人間

◎今日のひとこと

少し前に、池間由布子[*25]さんというすごく変わった人のライブを観ました。

独特な美人さんで、才能に溢れていて、熱烈なファンがいて、自分の人生というものがちゃんとある感じ……位置づけというか傾向としては天才、青葉市子ちゃんとかすばらしい感覚を持つ絵描きのＭＡＲＵＵちゃんに近いんだけれど……。

池間さんからは、なんというかもう少し謎のお姉さんな感じ、京都のような、吉祥寺のような小さな美しい街の生活の切ない匂いがしました。

うちのどくだみちゃん

登場のしかたから、見た目、服装、歌い出し方、話すこと、意外な展開の歌詞、そのあり方の全てがものすごく独特で、そしてなぜか懐かしかったのです。

彼女がギターをかき鳴らしながら、

「野良犬　野良猫　野良虫　野良鳥　野良の木　のらなきゃ　僕　野良人間」

（『明るい窓』収録「おなかすいた〈野良人間〉」より）

と少し悲しそうに歌うだけで、ちょっとしたことでふと心もとなくなってしまう、行き場がなかったとても懐かしい青春の孤独がばーっとよみがえってきて、それはなんだろう？　と思ったら、毎日の生活のいろいろよりも、感情のほうがうんと大きなエネルギーを持っていた若い時代のことを思い出すからなんだなとわかりました。

歌詞を読んでいるときには想像もつかない空間が、歌う彼女と共に立ち上がってくるのです。

「必要以上に感動してしまいました」と変な感想を述べた私に、彼女は笑顔でサインをしてくれました。

今の時代に逆行するように、プロモもせず、ソーシャルネットワークも使わず、ギターをかついで歌っては去っていく、そんな潔い人でした。

こういう若い人がいるのはいつも頼もしいです。

そのライブは原マスミさんが対バンだったのですが、原さんが還暦を過ぎてから作った曲が前の曲よりもどんどん良くなって、原さんの本質に近づいていて、それもまた私の心をはっとさせました。

本質に近づいていくこと、それだけがきっと創る人にできることなんですね。

サインをもらった

原さんを囲んで

◎どくだみちゃん

バス

あの日、
夕暮れの世界を走るバスに乗りながら、
今自分は世界でいちばん淋しい、
世界で自分を心から愛している人はだれもいないと
私は思っていたけれど、
それは違った。

自分が自分のことを愛していなかっただけだった。
自分がだれのことも愛せないくらい自分のことでせいいっぱいだっただけだった。
きっと窓はいつでも開かれていた。でも気づかないということが青春ということ。

冷たい窓ガラスに顔をくっつけて、恋人とは悲しく別れたばかりで、友だちも忙しくてだれも会ってくれない夜、
書店ばかりの街の景色をじっと見ていた。

気づきなよ、家に帰ったら家族がいる。
家族はそんなに仲良くもなく、
とげとげしい雰囲気の時期だったかもしれないけれど、
彼らといっしょに住めるのはほんとうはあとほんの少しなんだよと、
教えてあげたい。
ほんとうのほんとうは、親が地上にいる時期なんてもう、あっという間に終わっちゃうよと。

バスは空いていて、飽き飽きしていた故郷の風景を抜けていった。

街路樹が真っ黒なシルエットになって、暗い町をいっそう暗く見せていた。


親の全てが退屈に思えるのは、自分が新鮮で未来に向かっていて彼らには古い感覚しかないからではない。

親が自分を育て養うことにかかりきりになってくれているあいだ、人生の輝きや好奇心の燃える方向に行けなくなってしまっていたからだ。

親もそろそろ退屈していたのだ、子どもがいる生活に。

子どもが大人になり、また違う世界が始まるのをきっと待っていたのだ。


そんなことも知らずにバスは退屈な家に帰っていった。

二度と戻れぬ、ほんとうはとてつもなく貴重で美しい、だれも自分をわかってくれない、陳腐で平凡なはずのあの家に。

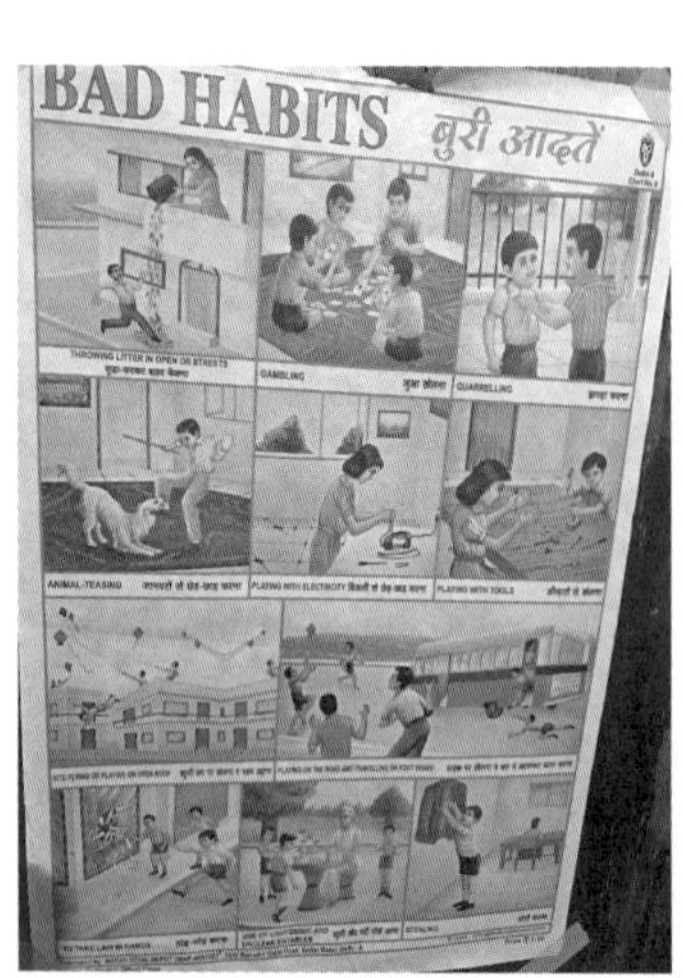

インドのポスター、すごい内容、さすが！

◎ふしばな

性

山本鈴美香さんの昔のまんがの中に、花が人を魅きつけるのは、花が植物の性器だからだと書いてあった。

よくわかる気がした。

ついでにメイプルソープの撮る写真とか、オキーフの描く絵のことまでわかる気がするほどだった。


この世の全ては性だと思う。

ただしそれは、あれとあれをつなぐための運動、直接的なあの行為ではない。

あれは「生殖」だから。

生殖とその前後にある勢いは、ここで言っている性とは少し違う。


世界を美しいと思う。その中に溶けたいと思う、そういうこと。

だれかが珍しい動きや発言をして、それにはっとして、その人を何回も見たいと思う、そういうこと。

かたつむりが透明な目を動かして歩いていく、いつまでもそのままでいてほしいがきっとその生ははかないのだろうなあと思う、そういうこと。

海に入ると水がぬるくて、手も足もまるで羊水に浮かんでいるよう。

それが性だと思う。

セックスしたいわけではない。

世界と官能を感じ合う、そのこと。

官能を感じるとは局部的なことではない。

そんな狭いことではない。

　全身が野性を発散して生きていて、瞬間と愛し合っている獣。

　そんなことだ。局部的な性、生殖のための性は常に刷り込まれたものだ。

　おさるさんがえんえん局部をいじって、檻に入っているつらさをまぎらわせるのと、そんなに変わりない。

　コンビニのアダルト本コーナーを見ると、いつもそう思う。

　世界はもっともっと広くて、野性の勘で泳げるんだと。

90すぎのおばあちゃんのハガキ

東京の夕空

さよなら

◎今日のひとこと

昔、まだ私が若くて考えも幼かった、祖母さえもまだ見送っていなかった頃、御巣鷹山の航空機の痛ましい事故がありました。

私は父に聞いたのです。

「遺族の人たちは、どうしてただ辛く悲しい旅だと思っていながら、もう遺体も全て回収してお葬式も終わった後でも、何回も何回もあの現場に足を運ぶんだろう。なんでそんな悲しいことをしにいくんだろう？」

「そりゃああたりまえだよ、そういうもんなんだよ。行かずにはいられないんだ」

父は言いました。

サボテンの花次々に

今の私にはよくわかる気がします。わかるようになったことが、大人になったということなんだなと思います。

未発達で生まれて長く生きないと言われ、手術しないと呼吸ができなくなるかも、でも麻酔をしても死ぬかも、と言われた犬が、手術もせず、家族の愛の力と生命力でいろいろ乗り越えて健康に十三歳まで生きた。それはもう立派なことだし、自然なことだし、すばらしいことだ。何を悲しむことがある？　と昔の私なら言っただろうと思います。

実際そうも思ってるし！

でもたいへんだったからこそ、悲しい、愛おしい、まだ触っていたかったなって。

まだ未熟なそういう自分を許してあげたいなと思います。

最後の日に私は彼女に言いました。

「こんなにもなにかを好きになったことはないし、こんなになにかに愛されたこともない、ほんとうにありがとう」

彼女はその小さい舌で私の涙をぺろぺろなめてくれました。

犬と人間の愛の可能性をみんな見せてくれた名犬でした。

さよなら

◎どくだみちゃん

犬のお母さん

こんなにわがままで、生意気、なおかついやなことはがんとしてやらない、しかも男らしい地味なルックス。

そんな私を愛せと言ってもわしもムリじゃよ！

だから母を恨んではいない。

だから、催眠とかイメージ法とか瞑想とかホ・オポノポノとか、なにをやったときでも私のインナーチャイルドとかウニヒピリ[*26]は、いつでもおいおい泣いていた。

私がどんなになぐさめようが、抱きしめようが、話しかけようが、ひとりぼっちでこわいとおいおい泣いてる。私も根気がないのでこりゃしょ～がないなあ、また来よう、会いに来てるうちにいつか泣き止むかも、とあきらめる。

そのイメージしかどうしても浮かんでこなかった。

私は自分が子どもを産んで、思い切り愛したら、私の中のあの子のおいおい泣きはおさまるのではないかと思っていた。でもだめだった。

というのも、私の子どもは私と違って超クールですっとんきょうなタイプだったのである。

私の中の私みたいにウェットで巫女っぽくなかったのである。

でもあるときから急に、瞑想時に私の中の子どもの私のとなりに黒い小さな犬がいるようになった。彼女は泣かないでその犬にもたれてすやすや寝ている。

お母さんを手に入れたんだね、大人になったけど身勝手な私じゃやっぱりだめだったんだね！

そう思ってがっくりきたけれど、犬とはいえ母の愛をゲットして幸せそうなので、よかったなと思った。

オハナちゃんは十三年いっしょにいた私の娘、そして私のウニヒピリの母。

亡くなる直前

◎ふしばな
ひできくん

亡くなった人にも著作権があるっていうのはよく知っています。

もしお身内の方が気づかれて削除を求められたら、します。

でもその日まで、心を込めてこのメールを公開します。

彼は確かに生きていた。そして亡くなる直前なのに私にこんな優しいメールをくれた。

ファンだけれど媚びもなく、変な念も執着もなく、ただ軽やかに作品を愛してくれた。


「今回のどくふし、鳥肌が立ちました。

わしの好きなアーティストは、ワインハウスと、ヒース・レジャー（壁にもふたりのポスターがはってある）。

やっぱりああいう人は、天国から神様（のようなもの）に呼ばれて、夭逝してしまうんだろうなあ……。

わしも一歩間違えていたら、間違いに気づかないままだったら、もうこの世にいなかっただろうな。

救ってくれたのは、もちろん、ばなさん。


オハナちゃん、相変わらずかわいい、たまらんですね。

何気ないばなさんの日常と、シャープな観察眼。同時に読めるふしばなは、わしにとって宝です。

ほんとうにどういうわけか、ちょっとヘコんだ時に狙ったように更新されるふしばな。

涙なくしては読めません。

これからも、すばらしい文章を読ませてください。ずっと、ずっと、応援しています。」

亡くなる一ヶ月前のメールです。

彼はほんとうによくがんばった。生きづらいなんてもんじゃない、生きているのが不思議なくらい純粋で、とても美しい人でした。人間よりも動物が好きで、繊細で、私と全く同じタイプの人間でした。

オハナちゃんが死んで、しょげながら街を歩いていた私を、彼と私の共通の知人が呼び止めました。久しぶりに会う人です。制服を着ていなかったのではじめだれかわからなくって、聞いてみたらいつも冬に親子でインフルエンザになっては通う病院の奥さんでした。

「ひできくん、亡くなっちゃいましたね」

「え？」

ああ、この知らせが亡くなってからずいぶん時を経た今日このときであったのは、今日の私をひできくんが天から一生懸命なぐさめに来てくれたんだ、そう思いました。

彼とおそろいだったバッグを持って、夏の街を歩き、そして祈ろうと思います。

オハナちゃん、ひできくんと遊んであげてくれ。

彼は最高の読者だったんだ。最後まで私の本といっしょにいたんだと思う。

私の小説の人たちは彼を生かすことはできなかったけれど、最後まで彼に寄り添っていた。そう確信しています。

私にできることはその程度のこと。でも、そのわずかに延長された期間に彼が少しでも美しいものを見てくれていたら！　それが私のいちばんの幸せです。

そして死ぬまで、文字どおり死ぬまで読んでくれていた、作品を愛してくれた、こんな人がひとりでもいるかぎりは、私は自分を大切にして書かなくてはと思います。

茂るミントたち

私はそれほどアヴちゃんの人生に詳しいわけではないのです。女王蜂に関しても、友達が熱狂的なファンで、ときたまライブに連れて行ってもらっているだけ。

性別を超えた美しさ、迫力あるスタイル、飛び抜けたファッションセンス、たぶんいろいろあったであろう過去（あんな珍しい人物がすんなり生きてきたはずがないから）、すばらしい詞と曲を創る才能、最高の歌声。

妹さんは小鬼ちゃんみたいで超かわいい。バンド仲間は仲が良くてみんなすごくいい人たち。そしてみなで心を一つにしてパワフル

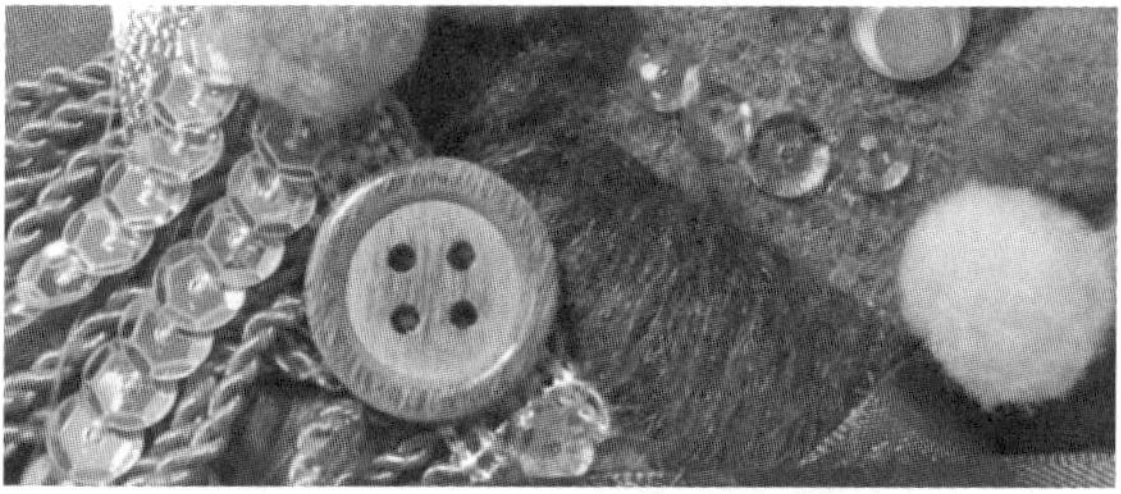

◎今日のひとこと

華麗なるアヴちゃん

友だちが作ったブローチ

な演奏をする。

それくらいしか知らない。だからこそ、わかることがあると思い、この文章を書いています。


LGBTの問題だけではなく、少数派を生き抜くことは、特に日本ではとても困難です。だから私は日本を出て仕事をしたとたん、実力以外にはなにも評価しない、情状酌量がない状態のあまりの厳しさと、相反する楽ちんさにびっくりしました。

だから彼らにはぜひ国外でも売れてほしい、そう願っています。

国内では誰も彼らに教えてあげられなかったほんとうの自由を、つかみとってほしい。

あれほどのバンド、あれほどの才能が国内ではキワモノとしか見られない。

あれほどの人がこの世に存在する、あの人にしかできないことがある。そのすごさがきちんと評価されていない。

しかしわかっている人には深くわかっている。

わかっている人はわかっていることを、誇りに思っていいと思います。

そしてやっぱり、とにかくただかっこいいってことが最高だっていうこと！　を女王蜂というバンドは教えてくれます。

生きることは、苦しいことだ、そして美しいことだ。

自分でいることはほんとうにつらいことだ、でもやるしかない。

こんなこと言うとアヴちゃんには怒られちゃうかもしれないけれど、その強いまなざしの中に秘められたそんな力を私は最高に「男らしい」と思うのです。

プラム

◎どくだみちゃん
人間

ねごとという超すてきなガールズバンドのライブの楽屋でアヴちゃんと立ち話をした。すらりとして肩を出して、長い足で、大きな目で、特別な声で、アヴちゃんはしゃべっていた。まるで真っ赤なダリアみたいな人だ。

うちの夫が言った。

「なんだかあの人と話すとすごくほっとする」

私もそうだったので、強くうなずいた。

今の世の中には自分自身である人がとても少ないので、みんな少しずつ隠したりごまかしたりしているので、アヴちゃんは「人間」に見える。

あんなに露骨にセックスの話をしたり、常にセクシーなかっこうをして美脚を出したりしているのに、いつでも品があって甘い匂いがする。

「やばい、人のライブ観たら、ものすごくライブやりたくなってきた！」

なんてかっこいい発言だろう！

「みんなが歌詞を覚えて全部の曲をいっしょに歌ってくれている景色を見るのは最高で、醍醐味だと思う。ほんとうに嬉しい、ほんとうにありがとう。でも次の曲は、一人で歌いたい。みんな世界一静かにしていてほしい」

だれにも媚びず、ひとりで立っている、なんてすごい人だろう。

女王蜂のライブ前

◎ふしばな
珍しいものを見るように

いつも疑問に思う。

確かにゲイの人は、セックスの話題が必要以上に多い。

しかし、なんでそこだけで色めがねで見られてしまうのだろう？

それって一般的な男女に置きかえて考えたら、ものすごく失礼なことだと思う。

一般的な男女に関してはみんな、見ないようにしているだけではないだろうか？

男女のカップルや夫婦とふつうに会って、「この人たち、やってるんだな（やってたんだなも含め）」と思いながら食事をしたりするだろうか？

決してしないと思う。そもそもそんなことって人としてとても失礼だと思う。

そういうこともあるだろう、だから子どもができたんだろうなんていうことは、とりあえず意識の下に押し込めて、生活の一部としてふつうに処理されているはず。

なのになぜ、ゲイのカップルに関してだけ、そこだけを見ようとするのだろう。珍しいからなのだろうか？

いつか私の同性カップルの友だちたちもごくふつうに、だれとでもカップルとして会って、セックスのことを全く思い出さずにふつうにごはんを食べて、ふつうにエロ話をして、笑いあって、それぞれの家に帰っていく、そんな日が来るといいなと思う。特に日本ではなかなか来ないことは痛いほどわかっているのだが、そう思う。

パートナーと実家に帰ったら、外に出るなと言われたとか、同じベッドに寝ているかどうか友だちにしつこく聞かれたとか、職場ではひたかくしにしているから飲み屋で暴れてしまうとか、そういう話は胸が痛むからあまり聞きたくないのだ。

サウナでナンパしたとか、だれだれとうっかりやっちゃったとか、そういうエロ話を生き生きと、古今東西、だれもが同じようにするのはとってもいい。

でも、そこに差別が絡んだ話はどうにもわびしくて悲しい。これはきれいごとなんだろうか？

ゲイカップルのエロ話より、新幹線の中でべろんべろんに酔って、大きな声で女を買った話をしている親父達のほうが、私はよほど気分が悪くなる。

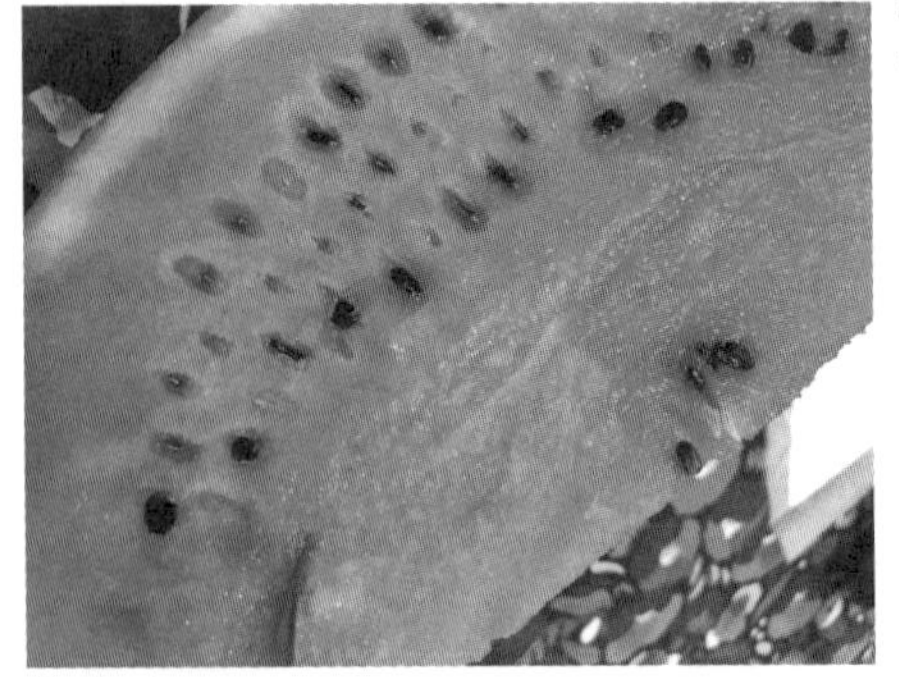
甘いすいか

すみちゃん大特集（だれにでもすみちゃんみたいな存在がいるはず）

◎今日のひとこと

高校の時、すみちゃんはいつもひとりで歩いていました。その細い体をリズム良く揺らして、踊るように。

清潔でセクシーな服をさらっと着て、だれともくっつかず、媚びず、堂々と。

うちに泊まりにきても、私の実家の家族ときゃっきゃ笑って、仲良く楽しく。

私はすみちゃんが大好きになり、すみちゃんと出会ってからはずっと仲良くいるようになったけれど、私たちは一度も同じクラスにならなかったのでやっぱりそれぞれひとりで

すみちゃんの治療院

いることが多かったのです。つかず離れず、夜中に長電話をしては親に怒られて。

すみちゃんは今、「すいな」という中国の技術と、長年学んだマッサージの技術を使った庶民のための治療院をやっています。

小さな街でよく見るような、中国の人がやっていそうな、小さい治療院。場所も決して都会とはいえないし、決して超おしゃれだったりしない、一見ありふれたところ。

でもすみちゃんの施術はありふれていないのです。

何も足さない、何も引かない。光り輝いてもいないけれど、暗く重くもない。

ふつう、施術されているとき、先生がちょっとした人生の悩みなどを話し出すと私は「なんだかちょっとなあ、今は静かにしていたいなあ」と思ったりするんだけれど、すみちゃんがそのいい声で人生の悩みを話していても、不思議なことに癒される一方でした。

「この人を楽にしよう」という誠実な想いがしっかりまずそこにあるからでしょう。

私がふだん受けている、ロルフィング[*27]やこぺり[*28]や麗子さんのマッサージ（口コミのみなので、情報なくてごめんなさい）やアヴェダ[*29]や宇宙マッサージや小林健先生[*30]のお弟子さんのさおりんや、かわいいまゆちゃん[*31]……。地方に行けば都城のアムリタさん[*32]や、バリのイダさん[*33]や……まだまだ書ききれないほど。そんなすごい人たちに全くひけをとらない、彼女だけの何かをすみちゃんは持っていました。

それが私にとってのすみちゃんだからなの

か、それともすみちゃんの実力がすごいだけなのか、とにかく他の誰にもできないような不思議な調整のされかたで、私は元気になっていました。根本に戻ったような、目が覚めたような。体裁はどうでもいい、実力がある、みたいな。

すげ～な、すみちゃん、やっぱりすげえな！

高校生のときと同じに、私はすみちゃんが誇らしかったのです。

でもあれだけの才能を持つ人がなにかに打ちこんでいたら、すごくないはずがないな、とすみちゃんを信頼している私の心は実は驚いてはいなかったように思います。

男の人も来るよね、ふたりきりだとこわくない？　それからすごい水虫の人とか来る？

とたずねたら、

「近所にたくさん知り合いがいるし、大先生も近くにお住まいだし、きっぱり怒れるから大丈夫！　あと、すごい水虫の人には『これはむりだよ～！　さわれません、悪いけど病院行ってきてね！』って言ったら、ちゃんと病院行ってくれたよ」

と笑顔で答えてくれました。

さようなら、アンゼリカ。50年間もありがとう！

◎どくだみちゃん
夜に刻まれてる

「ねえ、飲みに行こうよ、いいじゃない」

ずっとしつこくそう言って肩に強く手をかけてきたナンパな男を、振りほどくでもなく、じっとそいつをにらんで涙をためた、すみちゃん。彼はすごすご逃げていった。

すみちゃんの怒りポイントは他の人と違うので、なにで怒りだすかはわからない。でも、私にもそういうところがあるので、いっしょにいられたのだろう。自分なりの筋が通った生き方がその基準になっているのは確かなのだ。だからデコボコしているし変わった人だけれど深く信頼できた。

昔はよく平気で人を泊めた。雑魚寝して、朝もだらだら起きて、お茶を飲んで、ごはんを食べて解散した。私の実家ですみちゃんと過ごしたたくさんの夜。夜中の時間は伸び縮みして、今ではすっかり忘れてしまったたわいないたくさんの会話を、時間のひだに意味もなくたくさん刻み込んだ。ちっぽけだけれど私たちは確かにここにいるよ、と宇宙に祈るように。

私はいつから人を家に泊めなくなってしまったのだろう?

思い返すとたくさんの恐ろしい人間関係トラブルがよみがえってくる。

仕事が忙しすぎて、翌朝のために体調を整えなくてはいけない日々がやってきたから、いつのまにかそうなってしまったんだな。

あと、小さい子がいて、そっちで手一杯だったからだな。

夫が早起きだからだな。

そういうのは大人になったからなのでしかたがない。

でも気持ちの上ではあの頃の無防備な自分の方が好きだ。

いつか戻っていけるだろうか、自分のままの自分に。

池袋の郵便局の建物に住んでいたすみちゃん。

窓から外を見ると、サンシャインの絶対に人がいないはずの階で人がただぼんやりとこっちを見ている、と深夜の電話で私に言って、私を震え上がらせたすみちゃん。

小さい頃、友だちとそのへんで遊んでいて、かくれんぼしていて、ある階段のところに行ったらどうしてもそこから先は行っちゃいけないという気がして、その場所だけ真っ暗に見えて、行くのをやめたけれど、後で見たらそこには巣鴨プリズンの碑があったという超こわい話も付けくわえてくれた。

大失恋をしていつまでも電話で泣いている私に、もうひとりの友だちは「泣きやまないんだもん、困っちゃったよ」といやそうにしていたんだけれど、すみちゃんもきっと眠かっただろうに、迷惑だっただろうに、いつまでも真摯に慰めてくれた。

すみちゃんはきっと、今日もあのなんともさびれた小さな街の、決しておしゃれすぎない地味な治療院で、静かにお茶を入れたり、心を込めて人の体を癒したりしている。

もっとたくさんお金を儲けようとか、よりイケてるお客さんに来てほしいとか全く思わず、おばあちゃんとかおじさんとかだれでもわけへだてなく。

そのことを思うと、胸がいっぱいになって、自分もがんばろうと思う。

その想いだけが、後悔の多い私の青春を輝かしいものにしてくれる。

つゆ艸のまかないで食べさせてもらった裏メニュー、シソのペペロンチーノ。天才すぎる!

◎ふしばな

癒し

いったい、マッサージとかヒーリングってなんなんだろう?

文章で人を癒すことなら、たくさん練習してきた。だから少しは体感している。でも、人の体に触れてその人本来の力を引き出すってどういうことなんだろう?

今もまだ私の中で答えは出ない。

ただ、思うのは、だれにでもやってもらっていいというものではないということだ。

謙虚に見えても重々しい人もいるし、体を触られると何かが減っていくような人もいるので、ほんとうにわからない。

ただ、神様のようなものとつながらないといけない仕事であることは確かなようだと思う。エゴが強いと透明になれない。エゴで色のついた力を無防備に寝ている人の体に注いでしまうのは、もはや呪いである。

今年の誕生日に、神様っていると心から思った。

いやなことがあって、自信の最後のひとかけらまで打ち砕かれて、のしいかのようにぺったんこになっていたある日、ビザの関係で来られないはずだったイダさんが日本にやってきて、会うことになった。ちょうど私の誕生日だった。IBOK[*34]の伊藤ヨッシーが私にヒーリングをプレゼントしてくれた。いっしょにお茶でもという私に、イダさんはとにかくヒーリングがしたいから、とていねいにマッサージしてくれて、体の問題点をいろいろ教えてくれて、

「たくさん考えてる頭ね！　ストレスになるほど考えないでね！」と日本語で言って、頭を撫でてくれた。その優しさで、ぺたんこののしいかはふっくらとした活きたいかによみがえった。

その夜、友だちのちほちゃんがハワイからわざわざ手配して宇宙マッサージをサプライズでプレゼントしてくれた。サプライズだからそっとカウンターにひそんでいたプリミ恥部さんが出てきたときの笑顔。そしてとても温かい手。宇宙の愛がなだれこんできて、かけられた呪いはほどかれ、すっかり自信が戻ってきた。宇宙マッサージはロルフィングによく似ている。愛が自動的に体を癒してくれる感じで、どこが痛いとか、悪いとかそういうのではなく、ただ足りないところに大量にしかしそれぞれの箇所にちょうどいい分量で

力が流れ込んでいくのだった。

昨日まで自分のなにもかもが悪くて、弱くて、最低に思えていたのに、生きていてもいいんだな、まだ生きていたいなと思えた。どんなに誤解されても、嫌われても、私が私を知っているから自分を責めてはいけない、呪いに引っかかってはいけない、だって自分たちがあなたに注ぐ心からの力がむだになるじゃないか、とその日ふたりの温かい手が教えてくれた。

そして私がいちばん弱っているときに、ヨッシーとちほちゃんが私にくれたものがそのトリートメントだったことを、私は偶然ではないと思えた。ちゃんと神様のようなものは見ている、だから安心して、と言われたのと同じだと思った。

ちほちゃんとプリミさん

イダさんとアユさん

旅を続けなくちゃ

◎今日のひとこと

先日、GEZAN[*35]やNUUAMM[*36]で活動しているマヒトゥ・ザ・ピーポー[*37]さんのライブを観ました。

原マスミさんといっしょにやったライブで、最後に二人がお互いの曲を一緒にやっているところは鳥肌が立つほど良くて、原さんのすごさとマヒトゥさんの才能がからみあって奏でる音楽のすごさをまた思い知りました。一生に一回しかない奇跡の瞬間です。いいライブに一期一会で立ち会ってしまう、これ以上のことはないいなと思いました。

マヒトゥさんは一言で言うと、幽霊がたく

ナシチャンプル

さん寄って来そうな大変な力を持った若い人。

さぞたいへんだろう、もうそうとしか言えないです　笑。

たくさんの霊をその美しい歌の力で天に上げている、そんな感じの人。

一時期のジョン・フルシアンテ[*38]を思い出させるし、私の初期の小説にも何か似ている。


倍の年齢だというのに、私の心を今まさに救っているのは、そのとき聴いた「エンドロール」と言う曲です。

そうか、そうなんだ、エンドロールに名前がないから、私は旅を続けなくちゃいけないんだな、そしてこの名前で書く最後の小説、きっと私は文法を間違えちゃうなって、心から思ったんです。

作品は年齢を超えます。だから創った年齢で作品を測るのって意味がないなと思いました。

それでもやはり、あの年齢でないと見えないものを、彼はすごく鋭敏に表現していて、年を取って作品が変わっていくのが楽しみだなあと思いました。

あの年齢の人が真摯に創ったものが、今の年齢の私を救う。

世界って、循環って、すばらしいなと思います。

土肥の柳

水に浸かっていた方がいい。

顔を水につけると消耗するから、出しているのが自然。

手も足もほとんど動かさない。呼吸は鼻で。なるべく水の力を借りる。

大きな波が来たら息を止める。でも驚かないし力まないように。

波が去ったらすばやく息をする。でも大きくは吸い込まないように。


それは海で十年くらい泳いで初めて、だんだんと身についてきたことだった。誰にも習っていない。海が教えてくれた。

天候により、水温により、体調により。泳ぎ方は全部少しずつ違う。

でもそれはマニュアル化できない。適当だけれど完全に決まっている体の動き。

◎どくだみちゃん

海が全てを教えてくれた

どこまでも体の力を抜いたら、それが海水であれば自然に浮く。

だから泳ぐときはなるべくあごくらいまで

自然と神様が決めた、自分だけの動き方。

この体、手足の長さ、肺の大きさ、体力、魂。

それらが決めたこの世でそれらだけの動き。

海だけがそのちょうどいいところを教えてくれた。

何十年もかけて、ゆっくりと、言葉にならない言葉で。

あの海に入ると、目が覚める。

あ、今までなにをやってたんだろうと思う。

バカみたいだったな、と。

毎回そう思うのだから、海は偉大だ。

足の立たないところに行くと、自分の弱さ小ささがわかる。

そこに海にとってはほんのひとうねりである大きな波がひとつ来たら、鮫が通りかかったら、気まぐれに潮が流れを変えたら、あるいは自分の心臓が冷え切って動きをおかしくしたら、足がつってパニックになったら、すぐに私はもうこの世から消える。

それを実感する場所である。

宇宙空間とそんなに変わらない。

そのひやっとした感じと、確かに生きている体を充分に使うことで、またその体を海の力に預けることで、自分の小ささと同じように果てしなさもわかる。

そのことを教えてくれたのは、海だけだ。

水がいつも冷たくて波の荒い、そんな強い海が好きな人もいる。その中で戦うことに慣れた人も。

私は優しくて明るい波動、穏やかな海が好きだ。湾の中にあり、どこまでも澄んでいる海が。

それは極めて神社の好みと似ている。

そうやって己を知る。そのことだって、あの海が教えてくれた。

富士山

◎ふしばな

海の謎

雀鬼、桜井章一会長の後ろについて泳いだことがある。

私はスーツも苦手だし、フィンはもっと苦手だった。

それらをつけなくてはいけない岩場だったので、動きが悪くなった。

それを見極めて会長はついてこれるかな？と心配だったのだろう。

コツをつかんだ私が細い岩場を会長についてすっと抜けたら、会長はびっくりしていた。

会長がびっくりされるなんてなかなかないことだから、心に焼きつけておいている。

そのとき、私は子宮筋腫をすぐ取らなくてはいけないほどのたいへんな状態だったのだが、なぜかその冷たい水の中で夢中で泳いでいたら、すっかり治ってしまった。

そんな奇跡は海の中ではあたりまえみたいにいっぱいあるのだ。

奇跡の逆なのか、これもまた大きな目で見たら奇跡と言うべきなのかわからないけれど、命に関わるほどの毒を持ったクラゲは、足が長かったり、真っ青だったりして、ものすごく美しい。

魅せられてしまって目が離せないほどだ。

自分からこちらに近づいてくることは決してない生き物なはずなのに、潮の流れに乗って不気味に近づいてくるし、離れていかない。もがくとますます近づいてくるから、そうっとそうっと離れるしかない。

いつもすごく不思議に思う。

自分の奥底にある本能が「離れろ」と指令を出した瞬間から、その美しさから目が離せなくなり、時間の流れが止まったようになる。クラゲの使う魔術なのか、こちらが持っている生命の力なのか。

夏の青空

戸田からの帰り道

背が高くなった

秘訣いろいろ

気が小さいってすばらしい

◎今日のひとこと

気が小さいということがマイナスにしか思えないことが多い人生です。

子どもに言われる言葉ベスト10の上位にはいつでも、「ママってどんだけネガティブなの〜！」が入っています。

飛行機に乗るときは最初から最後までパスポートはあるか、液体物はよけいに持ってないか、センサーに引っかからないか、席はあるか、荷物入れはいっぱいになってやしないか……いろんなことにドギマギ。

京都

知らない街に行けばきっと時間がずれてバスがなくなるんじゃとか、宿が見つからないのではないかとかでドキドキ。

南米に行ったときなんて、蟻塚も、チーターも、ハナグマも、蛇も、泥棒や強盗もなんでもかんでも怖かった。

ブラジルにいっぱいいたイケメンたちのことさえも「この人ら、この今TVで観てるサッカーの試合で負けたら急にケンカし出すんじゃや」と思ってちっともじっくり眺められなかったし〜。

まるで毎日がホラー映画のようです！

というか、毎日がホラー映画だからこそ、ホラー映画が好きなのだろう……。私にとってあれは比喩的な意味での日常にすぎない。

ホメオパシーだって恐怖にまつわるレメディを処方されるし、バッチのフラワーレメディの処方も同じく勇気が足りないときのミムラスだし。

でももしかしたらこれって！　小さな幸せを大きな幸せに感じられるお得な秘法なのかもと最近思うようになりました。

毎日夜寝るとき、今日もぶじだったなんてなんてすごいことだろうって本気で思えるのですから。今日会えた人にぶじ会えたことを、本気で神に感謝するのですから。

こんな自分でよかったと思えること、このままの気が小さい自分でいいやと思えること。情けないが、これこそがありのままの自分を許すっていうことかも。

なにせ私の周りはいつだってものすごく度

胸のある人ばっかりで、崖を飛び降りたり、知らない人と踊りに行っちゃったり、宿も取らずに外国に行ったり（それから独身のオヤジがやっている、砂漠の中の土でできたＡｉｒｂｎｂのホーガンに泊まったりさ……）。

比べてみていつも自分の小ささが悲しかったけれど、今やっと、小さいからこそ小説が書けるんだって、この小さい幸せのすばらしさを広められるんだって、思えるようになりました。

ティッチャイのまぜそば、おいしい！

◎どくだみちゃん
気が小さい上に

私は気が小さい上にものすごいネガティブシンキングで、

朝起きて晴れ渡っている空の下に洗濯物を干すともちろんとても幸せになるんだけれど、そのまま外に出て仕事などしている夕方に、急に暗雲が立ち込めて雷が鳴ったり大雨が降ると、ほんとうに泣きたくなったりひどいときには実際に泣いたりすることがある。

せっかくあんなに干したのに、たいへんだったのに、犬や猫が屋上についてきて全員撤収するのにすごく時間がかかったのに。

くよくよして、仕事さえちょっと滞ったりする。

もちろん気持ちを取り直すんだけれど。

帰宅して薄暗い中でずぶ濡れの洗濯物を取り込むときなど半泣きになっている。

ばかみたいだけれど、時間に追われているとついそうなってしまう。


この間、行きつけの台湾料理屋さんのお姉さんと話していた。

「洗濯物は外に干すの？」

と聞かれた。

「すごく晴れていると干しますけれど、最近夏は急な夕だちも多いし、雨が降るとがっくりきますからねえ」

私は言った。

「そうしたらまた洗って干せばいいじゃない。お日様に当たった洗濯物のほうがなにかと気持ちいいわよね〜」

お姉さんは言った。

その声の歌うような調子を聞いていたら、まるでいっしょにうちにいて洗濯物を取り込んでもらって、また洗って、干すところまでいっしょにいてもらったみたいな気持ちになった。

私ほどおおげさに嘆かなくても、急に雨が降ったらみんなが同じように「あ〜あ」と思って、洗い直して、また干してるんだなって。

私の書くものがお姉さんの言葉が私にもたらしたみたいな気持ちをだれかにもたらしているといい。

「この本のこの言葉を読んでいたら、つらいときでもいっしょについてきてもらったみたいだな」「出てくる人たちが友だちのように思えるな」って。

そしてまた空が晴れて、一度は雨に濡れまみれた洗濯物がぱりっと乾くように、いろいろなことをやり直す時間があるのが人生だと気づいてもらえたらいい。

逆にいうと、気の小さい私の人生、そのくらいがほんとうにできたら上出来だと思える。

人んちの小さなソテツ

◎ふしばな
社長たるもの

大きな会社の社長になるということは、すごく仕事ができるとか人望があるとか（もちろんそれもないと話にならないんだけれど）だからだと思っていた。

しかし、そうか、これなのか！　と思ったことがあった。

昔、平尾さんというすばらしい人が、大きな出版社の社長さんだった頃だ。

私の父の晩年に、父の全集の目次を作ってくれたすばらしい編集者さんがいらして、それをなんとか実現したい、もちろんその大きな出版社はむつかしいと思うが、現社長さんが元ご担当ならだれかご紹介いただけないだろうか？　ということになり、父も「もしその目次のままどこかで実現したらすごく嬉しい」と言っていた。

はじめ私の貯金をはたいて全集を作ってくれまいか、とふたりに打診されたのだが、税金が高いこの国で、私にそんなたくさんの貯金があるはずがない。父もその編集者さんも「君はもっとお金があるかと思っていた」とがっかりして、そのがっかりぶりに、その人たちの世間を知らない感じ（たとえ本が売れてもほとんどが税金として持っていかれるからそんなに残りはしないということ）にまた癒されたけれど、これじゃあ実現はむつかしいだろうなあと思った（実際にはその編集者さんの執念が実り、今父の全集は晶文社さんから刊行されている）。

平尾さんに面会を申し込んでみたら快く会ってくれた。

さらに、出版してくれそうな人を紹介してくださったり、いっしょに行ったその父の担当だった編集者さんのこれまでの仕事をしっかり評価し、父がその編集者さんにどれだけ信頼を寄せているかを父から聞いたことを話してくれた。私にも励ましの言葉をくださり、この大きな出版社は自分の一存で動いているのではなく株主もいるし会議もあるのでうちからはどう考えても出せないが、できるかぎりのことはすると言ってくれた。

途中から私は気づいていた。私のような人が毎日のように、どれだけたくさん「社長さん、お願いします」と訪ねてくるのだろう。本を出してくれ、お金を貸してくれ、ここで働かせてくれ、などなど。

　面会したいという人なんてほとんど全員が最初から面倒な話に決まっているのに、嫌な顔ひとつせず、いっしょにいる時間をちゃんと楽しみ、できないことはゆっくりとちゃんと説明してできないと言い（潔癖な私だったら、私が忙しいのはわかっているくせに、なんでそんなむつかしいこと頼んでくるんだとすぐキレてしまいそうだ！）、ちゃんとはげましてくださり……。

　こういうのが社長の仕事のひとつなんだ。そしてこういう対応ができることが社長ということなんだ。

　とても大きなことを学んだ気がした。

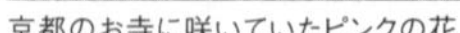

京都のお寺に咲いていたピンクの花

何かくれ！　の目

生活の智慧

◎今日のひとこと

知る人ぞ知る田園調布のパテ屋[*39]さんに仕事でおじゃましてきました。

大島弓子さんのまんがの中に出てくるようなおうち、そしてお庭。柑橘類がたくさん植わっていて咲き乱れる甘い花の香り。そして小さなすずらんやアスパラガス。

部屋の中には本棚があり、何十年もかけて集められた珠玉の資料たちが並んでいました。

そして林のり子[*40]さんのお友だちたちが作ったアートやおじいさまの銅像が一見無造作に、しかし完璧なバランスであちこちに置かれて

パテ屋さんのお庭

いました。

懐かしい何世代もの写真たちも、すてきな形で飾られていました。

昭和の人たちが見ていたすばらしい夢がそこにありました。

学者と芸術家のアトリエのようなその空間のとなりで、清潔で完璧なパテやお惣菜が、きちんと髪の毛をとめている美しい人たちによって作られていました。

お父さんもお母さんもそこに住んできた家に、私たちの時代の子どもたちはよほどお金がないともう住めないと国が言うのです。

相続税が払えなくて大きな古いお家を取り壊して細切れにしてぺらぺらの家を建てて売るから、人の心も小さくなって、子どもに残せないと思うと家を買っても虚しくて家の手入れも力が入らない。

なんていうことだろうと思います。

私たちはいちばん大事な夢というものを壊されているのです。

新しい夢を考えなくちゃ！　工夫して突破しなくちゃ。脱税とかではなく、もっとすてきなことを。

すずらんも

◎どくだみちゃん

健全

アルバイトが終わったら、みんなでちょっとおしゃべりしたり。
でも決して深酒はしないで、品良く、そして仲良く。

気持ちとか幻想とかイメージだけではなくて、お店で作られ売られるものは衛生とか合理性とかがちゃんと考え抜かれている。現実的で社会のルールに即している。
だからこそそこにはいつしか夢が生まれる。そういうこと。

そこで働くのであれば、自分が刺激を受けて、頭の中にすばらしい回路ができる。だからお金のために働くのではなく、自分の精神を養い、よく体を動かすために、快い疲れを得るために働く。

その延長線上に就職があるから、アルバイトした体験もしっかり生きる。
社会に出るのが楽しみで、次はどんな人たちとお互いに刺激しあって、自分はそこで何に泣いたり笑ったりするんだろう？
それが楽しみで生きていける。

そういうことも、いつのまにか奪われてしまったように思う。

働くのって実はだるくもないし、めんどうでもない。
あの人たちやお客さんに会いに行くんだ、そう思ったら朝起きるのが楽しみ。

だって、そして学んだことで自分がいつかどんなふうな部屋に住み、晩ごはんにはなにを作るのか、それが楽しみだ！　って、そういうものだった。

「しかたないです、時代が変わったんだし」

それは違う。

人間の生きていくために必要な希望や、体のつくりはそうそう変わらないから。

人には働くことと、しっかりした休息と、深すぎないが品と思いやりのある人間関係と、希望が必要なのだ。

うっそうと

◎ふしばな
おしゃれな人たち

パリで歩いていたら、ヨーロッパの違う国から来たであろう難民の方々がスリなどしている。

板と紙を持って国際関係に関する学生アンケートだと言って近づいてきて、書いているあいだに板の下でサイフを盗むという手法がそのとき流行っていたんだけれど、みんながみんな板を持っているから、わかりやすくてしょうがない。それでも彼らが近づいてくると必要以上にこわくて逃げ回ってしまった。そんな私はすきだらけだ。

ボンマルシェの開店前の路地で、板を持った人たちのミーティングまで見てしまった。朝早くからスリのミーティング、気合が入っている。逆にいうと、こんなにも働きたい人たちがスリなんだから、世間に仕事そのものがないのだろうとよくわかる。

スリの男たちはたいていジャンパーを着ている。グレーやベージュの目立たないものだ。

そして女たちは、やはり黒、ベージュ、グリーンなどの地味な色の上下で、パーカー型、スカートはロング、足元はスニーカーかヒールのない靴であった。

私がふだん「なんておしゃれ、カジュアルなのにシック」と思って堂々と着ている色合わせと型である。とてもショックだった。

地味色のパーカー、裾がひろがったロングスカート、靴も地味色。なんてすてきな春と秋のおしゃれ、と自分が思っていたものは場所を変えれば「スリの制服」だったのである。

おしゃれは奥が深い……。

パリのお金持ちのマダムは決していくつも指輪をしたりしないし、カシミヤのコートなど着ていても「高そう！」みたいではない。

ひきかえイタリアのマダムたちはこれでもかというくらい金のリングやブレスレットをつけている場合が多いが、やはりセンスはいい。

それでもパリのマダムがミラノのマダムを「センスない」と思うし、ミラノのマダムが「フランス人って地味」みたいなことを言う気持ちはなんとなくわかる。

それからヨーロッパの人たちはとにかくなんにでもアイロンをかける。だから日本人のアメリカンカジュアル服がシワ加工でかっこいい、みたいなのは決して理解しない。だらしないアジア人というくくりに入ってしまう。

日本にいると湿気で必要以上に服がしわになると思うから、あきらめて全身綿とかしわ加工にいく気持ちになるのもしかたない。

私が今まで行った中でいちばん成金ばかりいたパーティがどれだったかはいちおう伏せるが、アメリカ人の成金というのはとにかくすごかった。

全身ジルコニア（ダイヤでなくてよかった）のずっしりしたミニドレスとか、メガネがダイヤモンドでできてるとか、全部の指に一千万クラスのリングとか、前歯が金とか、カフスボタンが全部ほんもののでっかいエメラルドとか。

それでもガーデンパーティだからおさえめにしてるとみなさんおっしゃっていたので、室内のパーティでの彼らを見てみたい！　と心から思った。

こちらも同じお庭の中

自分の歌を歌う

◎今日のひとこと

私には山田詠美先生みたいな、ワルいけどセクシーな人たちを、ちょっと皮肉めいた知的な文章で書くことはできないです。どんなにがんばっても、ない袖は振れない。

小沢健二くんが救うことができる人を、ＥＸＩＬＥは救えない、その逆もしかり。

このことは何回か書いているけれど、こ～んなにたくさんの人がいるんだから、それぞれの個性や方法で担当する人数がうまく決まっていて、その人たちに与えるために愛を持って才能を発揮していれば、ちゃんと生きて

すてきなワインのエチケット

いけるだけのお金が入ってくる、それが理想です。

もちろん他の職業や専業主婦でも全く同じだと思います。

それなのに人というものは常に自分ではないものになろうという夢を見ている（見させられている？）、そんな気がするのです。

例えば、村上春樹先生があのすごい実力で、基本、長編を得意としていてあの部数売れて、海外でも高く評価されていて、堂々の存在。

私はこの感じのムラのある実力で中編作家で、海外で高く評価されているけれど、若干ストリート寄り（気が弱いから不良ではありません）＆スピリチュアル寄りで（癒しに重点がある）、いろんなところに好奇心で顔を出し突撃取材、でもなにか底知れなさがあって、何にも属さず、文学界のおまけみたいなところがある感じ。

この様子を見るだけでも、世間というものは、ネット上などの偏った形ではなくていっぺんに集まると、ある種の知性を持ち正確な位置づけをするんだなということを信じられます。神様の法則を感じます。

ということは、すべきことを、手を動かしてもくもくとやっていたら、それは時差はあってもきっちりと返って来るということ。

大事なのは自分にしか歌えない歌を、心をこめて、時間をかけて歌うということだけなんです。

いちごがますますぐんぐん育つ

◎どくだみちゃん

あの日

若かったあの日、家中の人たちが父が溺れた事故のことで右往左往していて、伊豆と東京を行ったり来たり、泣いたり笑ったり決断したりしていた。

家の周りにはかぎまわるマスコミの張り込みが絶えず、近所からも苦情が来るありさま。

そのとき飼っていた犬がそのストレスに耐えきれず、敷いてあったお気に入りの毛布をかじって胃につまらせて、細かい繊維が取り除けなくなって、死んでしまった。

あれ以来ピンクのストライプを見ると息が詰まる。

土肥ののどけさ

その毛布を敷いていたこと、親のことで大騒ぎしてストレスをかけすぎてしまったこと、全てを悔やんで泣いて泣いて真っ赤な目でお見舞いに行ったらほっとして私の膝ですやすや寝てしまった愛犬は、連れて帰ることもどうしてもかなわず（当時の先生が今退院させるのはダメだと言ったし、時間外のお見舞いや看病も病院の方針上絶対ダメだと言った。忙しい先生だったから気持ちはよくわかるので、そもそもその病院自体に行くべきではなかった）入院を続けることになった。

今の私なら何が何でも連れて帰るのだが、若すぎてまだ犬のこともわかっていなくて、専門家にまかせたらもしかして元気になるかもと「うっかり」思ってしまった。

今なら、獣医さんとけんかして絶交してでも、腕の中で寝ていたあの子を抱きしめて離さない。連れて帰る。この腕の中で息を引き取ってもらうために。

私は家に帰ったがその死の恐ろしい知らせを待つのがこわくて、飲みに行った。飲んで歌って、夜中の一時にその電話を受けたときには大酔っ払いになっていた。

あの日「月の街並歩けば犬も後からついてくる」（なんの歌でしょう？）と歌いながら、すでに私は泣いていた。わかっていたのに核心から必死で逃げていたのだ。若いってばかなことだ。『かくかくしかじか』[*41]並みの猛反省と共に、そんな私を許してあげたい。

今の私は、老いた愛犬のためにむりに早く帰ることもないが、むだに酔いつぶれたりはしないし、逃げるために外に出かけたりしない。

もしかしたらもう待っていてくれないかも、と思いながら帰るのはいつも緊張するけれど、覚悟もしているし、悔いなく接している。逃げていない。

シッターさんが寝たきりの犬にプレゼントしてくれた毛布の素材はあの日の恐ろしい思い出の毛布と同じだったけれど、うちの犬は全くストレスがないから決して毛布をかじったりしない。すやすやとその毛布の上で眠っている。あのトラウマからシッターさんと犬が私を解放してくれた。

大人になるということ、やり直す機会を与えてもらえるということ。

ほんとうに人生ってすごいと思う。

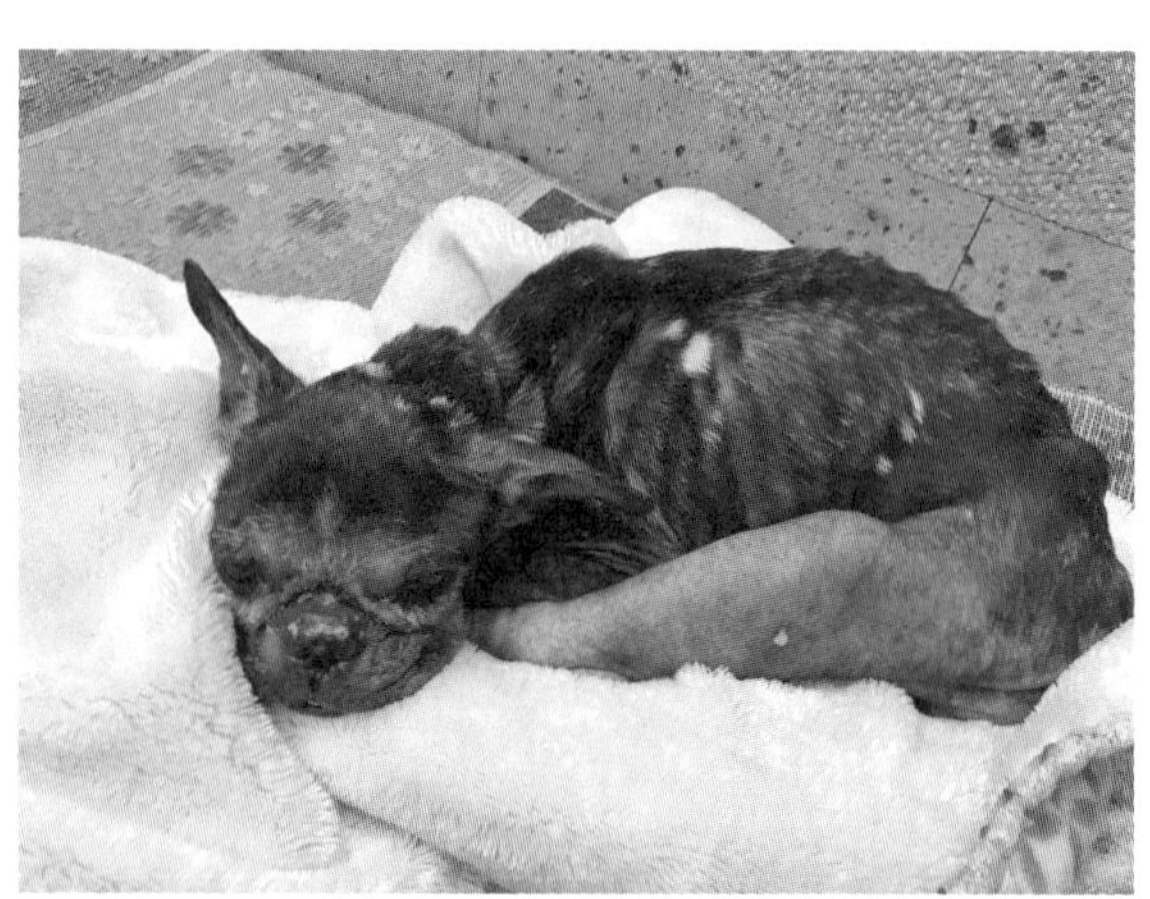

その毛布の上でのオハナちゃんのまどろみ

◎ふしばな
妬まない

お食事中の方、しばし休憩して後で読んでくださいな。

土地持ちの大金持ちに生まれたらどんな気持ちだろう？　とか、今月ローン払えるかな？　みたいな散財の月はちょっと切なくなることもあるけれど、

もはや若い人にじょじょに椅子を譲る年齢になってきた私は、全く人を妬まない。

ここまで妬まなくていいのか？　とちょっと心配になるくらいだ。

強いて言えばこの間、必死に小説を書いていたら後ろでブラーバが介護中の犬のたれながしたゆるいウンコをザーと拭いて通り、床じゅうがそしてブラーバが「まみれ」に！　いい流れだった小説を中断し、消毒また消毒、何回拭いてもこびりつきで取れなくて汗だくに。そして自分の手にうっかりついちゃったそれがドアにまたこびりついてしまい、ドアまで掃除。

こんなときだけ、ふと思う。

「春樹さんはきっと、小説をこんな理由では中断しなくていいんだろうな〜」

しかし私には愛犬がいる。その幸せをこの世のだれにも譲りたくない。

ということで、世の中って万事うまくできているんだと思う。

先日、知人のある編集者さんから「吉本さんの知ってるある新人さんにお仕事をお願い

したいんだけれど、出版社さんから全然お返事が来なくて、どうにもならずに吉本さんにその新人さんの連絡先をおうかがいしたい。仕事の依頼を転送してもらえないだろうか？」という連絡があった。

うちは取次（出版界における取次の使い方は文字のままじゃないから、私、すごく間違ってます）じゃないよ、超忙しいのにめんどくさいなあと一瞬はもちろん思ったけれど、その仕事のクルーはみんなとても良い人たちで、絶対おすすめしたいお仕事だったし、新人さんだからそういう広がりがきっとすっごく嬉しいだろうなと思って、その人の喜ぶ顔まで浮かんできたので、一瞬ののち、大喜びで間に入った。

ここでいいなと思ったことは、その編集者さんが本来目上の人にすべきである「事務所の人だけに伝える、まず先方あての依頼書などは転送せずに打診だけする」という礼儀をふまずに、いっぺんに依頼書まで添付してきて、手間を一回で済ませようと英断したことだ。

これは、下手すると礼儀知らずと思われるかもしれない行動なのだが、私の性格と仕事のしかたを知っている人たちならではのあうんの呼吸で、この場合は絶対的に正解だった。

いちばん大切なのは、その企画でその新人さんの才能を高く評価し、取り上げたいという熱意だと思う。

私もその人を応援しているので、なんでもしたいと思った、そのことをもたらしているのがその新人さんの才能と魂だ。

「この人の書くものがいいと思い」「本にし

て多くの人に読んでもらいたいと思い出版し」「結果大当たりを見込んだほど多くの人に読んでもらえなくても、買った多くの人が深く感動したことを誇りに思い」「だからそれが広がっていく可能性があるそんな依頼があったら、なによりもその新人さんが喜んだり、才能を伸ばしたりするチャンスだと思ったら、知らせたときの笑顔を思い浮かべて今すぐに動きたくなる」はず。それが編集者の基本だと思う。人を動かすのはいつもほんとうの心だけ。

だから、どうか、その出版社のその新人さんの担当の人が依頼メールを読んでいてめんどうになって放っておいたのではありませんように。たまたま担当さんにうまくつながらなかったり、出張などでどうにもならなかったということでありますように、と祈るような気持ちだ。

その新人さんは若いのだが、

「吉本さんに連絡させてしまって申し訳ありません、ぜひお受けしたいので、自分から先方に連絡します」ときちんとしたお返事が来て、すぐにそのお仕事は実現した。

いいな〜と思った。

才能が才能を呼び、縁が縁を呼ぶ。まだまだこんないいことってあるんだな！　って。

いちじくとパテ、よく合います

怒りの表現のしかた（早くに悟らないこと）

◎今日のひとこと

いつもいい人のかまえでいると、その場で怒れなくなる。

私の欠点はまさにそれです。

これからは少しぶあいそうに、いつでも怒り出せるような構えで生きていこうと思います。これから会う人たちよ、前と違ってぶあいそうな私にびっくりしたら、これはまた痛い目にあってひとつ大人になったんだなと解釈してください。

というのも、最近、久々にはらわたが煮えくりかえり、傷つきすぎて、もうちょっとで

きれいな盛りつけのパスタ

呪ってしまいそうなくらい腹がたつことがあったのですが、私は本人の前でむっとすることはできてもついつい怒ることができなくって、すぐにあきらめてしまったのです。

もういいや、この人には二度と会わないから、せめて感じよく別れようってすぐ投げ出して終わらせてしまったのです（このあきらめの速さ、これはこれで美徳だとも思うんだけれど）。

しかし友だちのお母さんは、同じ人物に向かって、面と向かって、

「会話にはリズムというものがあるんだから、自分勝手に黙ったり中断するくらいだったら、初めから『会話禁止』って言ってください」

と普通に言ったそうなんです。しびれる〜！

これって、ふだんからそれが言える構えに自分を鍛えているということなんです。

そんな大人になりたいけれどなれそうにないので、少しでもその状態に近づこうと心から思いました。

この話、わりと、私の読者のような繊細で優しくありたい方達にとって大事な話なんじゃないかな、と思います。

ガスパチョ

◎どくだみちゃん
そのときだけは

まだたまに家のなかで探してしまう。
あの大きな目を。
たまに感じる。
あの大きな目でじっと見られていることを。

私の愛犬。
私の家族。
私の娘。
私のミギー。
私のジェイク。
なんでも叶えてくれた魔法の犬よ。

米ぬか浴から上がって、クールダウンする休憩部屋の冷房に当たり、熱い体を冷やしているときだけ、
ゆだって頭がくらくらしているから、いろんなことが考えられなくなっていて、今がいつだかわからなくなりそうなときだけ、
ブラインドの向こうの街が光に溢れているようすをあの最後の日々と同じように見たときだけ、私は小さな夢を見ることを自分に許す。
あのときと窓のようすが全く同じだから、季節は変わっていない。きっと家に帰ったらあの子がまだ生きてる。名前を呼んで、抱きしめて、いつものようにいっしょに昼寝をして、いっしょに起きよう。
私がなんでいつもその椅子の上でだけ涙をにじませているのか、米ぬか浴のスタッフのお姉さんたちは知らない。
ぬかが目にしみたと思っているかも。

今の私の時間は、まだ生きている家族のためにあるから、涙をふいて、なにもなかったような顔をして、家に帰ってごはんを作る。生きている犬や猫を抱きしめよう。だって、そう遠くなく、私たちみんな、必ず会えなくなるんだから。

そして時間はとても大切だから、いやなやつにあげる時間なんてちょっともない。できるだけ、大切な人とだけ過ごそう。

仲良しだった

◎ふしばな

もしかしたらと思ってやってみたこと

いつも空港でいやというほど荷物を調べられたり、靴を脱がされたりする。

身につけている光り物が多くて取り忘れたりして、金属センサーにひっかかりやすいせいだと思っていたし、年齢不詳で職業もわかりにくいからだろうと信じていた。

でも、今回ミラノに行くにあたって、ヨーロッパはテロも多い地域だしいつもより多少きちんとしたかっこう（いつも飛行機で疲れたくないから、かぎりなくジャージとかねまきに近い服装で出入国をしている）で臨んでみたら、なにひとつひっかからなくて拍子抜けした。

これまで三十年間くらい、いつもひっかかってきたのに。

こんなことって！

あと何回か実験してみようと思うが、意外に効果的なことのように思えてきた。TPOに合わせるのは面倒くさいので、なるべく面倒なかっこうをしないと行けない場所などには行かないようにしてきた。

アメリカ大使館の華麗なる方達からせっかく食事に誘ってもらっても「晩ごはんを作らなくちゃだし着て行く服や持っていける話題がない」などという理由で断ったりしてきた。

そんな面倒くさがりの私が飛行機に乗るくらいのことで、多少きちんとし始めるなんて、自分があの「引っかかって何回も検査したり体を撫で回されたり靴を脱いだりする」のがどんなに面倒くさいと思っていたか、よくわかった。

それから、前にビジネスクラスで、着ていたスーツを席で堂々と脱いでTシャツとパンツになり素早くジャージに着替えたおじさんを見てしまい、その礼儀正しくなさにびっくりしたことがあるが、そんなにしてまでも機内まではスーツで通った方がいいのかもしれないということもよくわかった。

ガレリアをのぞむ

ドゥオモにティファニーブルーの風船

私の青春

◎今日のひとこと

初めてミラノに行ったとき、出版社の社長カルロくんは新婚さんで赤ちゃんが生まれたばかり。

社長のお母さんであり、その出版社の創始者である夫を謎の爆死（たぶん他殺）で亡くした伝説の女性インゲさんは当時すでにもう六十過ぎていたけれど、キレキレのキラキラでした。

「さあ、カバンはなし、楽しんで楽しんで！」と私のバッグを勝手にソファーにポンと投げた彼女。

そのホームパーティにはアージア・アルジ[*42]

イタリアの私の本たち

エントちゃんのお母さんであり、「サスペリア2」[43]では主役をつとめたダリア・ニコロディ[44]さんがいらした。

一緒に撮った写真を見て、

「イタリアにはやはり本当にきれいな人がいるもんだねえ、いやあ、驚いた」

と父が言ったことをよく覚えています。決して女性をそんなふうにあからさまに褒めたりしない人だったので、彼女のダークな魅力が父をノックアウトしたのでしょう！

今は出版社にもゲストハウス（屋根裏みたいな場所だったけれど、すごく豪華だった）はなくなり、大きなビルに変わり、カルロくんも立派な重鎮、インゲさんは体調を崩してあまり起きられない状態になってしまっているけれど、あの頃の雰囲気は会社のあちこちに残っている。私のお皿からひゅっと肉を盗むいたずらっ子みたいなカルロくん。

そしてインゲさんの激しい筆跡のハガキと共に託されたオレンジ色の小物も変わらず。

みんな変わっていく、でも、何かが残っている。

「夕方にスパークリングワインを一杯飲むのが好きなのよ。それは幸運を呼ぶ人生の魔法だから」

初めて会ったときインゲさんがそう言って、キラキラした笑顔と共にフルートグラスにあの透明な儚(はかな)い泡の液体を注いでくれてから、私も夕方にスパークリングワインをちょっとだけ飲むのが大好きになりました。

インゲさんの勢いあるハガキ

◎どくだみちゃん

私のミラノ

ミラノには仕事でしか行ったことがない。

いつも仕事ばっかりでビル街の中にいて、泊まるホテルもたいていビジネス仕様。


超近代的なインテリアのパークハイアットさえも古めかしい建物の中にある。ミラノはそんな古都だけれど、そういうすてきな意味でのビジネス仕様なのではない。

私が泊まるのは、ただ働くための箱。

そういうホテル。


そこに泊まって、ただひたすらにインタビューを受けたり、イベントに参加したり、テレビやラジオに出たり、いろいろな人と食事をしたり。

東京ではそこまで仕事に徹さないので、常に洗濯物や食事作りや動物たちの世話のことを頭によぎらせながら働いているので、働くためだけに毎日があると不思議な感じがする。

私はモデルでもなく芸能人でもないけれど、こんなふうに「家」ではない箱の中で毎日を暮らし、スタジオにいるのが当然で、合間にちょっと買い物に出たり、おいしいものを食べたり、移動中に寝たりするそういう人たちの華麗なる生活のことが少しだけわかる。

家事もなく、日常生活もない。明日はどこにいるのかわからない。

今いる窓の外に見える切り取られた空だけが空。

それが「自分自身」が売り物の人の暮らし。

私はきっと、どうしても味噌汁が作りたくなったり、草花に水をあげたりしたくなるだろうと思う。カポーティにはなれそうにない。

それでもミラノの朝、今日も仕事だと思いながら、観光客たちの記念撮影を窓から眺めるとき、通勤みたいな感じでドゥオモの前を何回も通るとき、そして出勤していく人たちの颯爽としたそして少し疲れた姿と朝日の中ですれ違うとき。

この街がイタリアにおける東京みたいに、仕事をするための街なんだということがわかる。その脇でたくさんの観光客が買い物をしている光景も、東京に似ている。

センスが良くないとこの街にはいられないのよ、みたいなキリッとした雰囲気も似ている。

だからたまにどうしても来たくてミラノに来てしまうんだし、働いてしまうんだし、いろんな人に会って怒ったり笑ったりするんだろう。

自然もあまりないしごはんもそんなにおいしくなくて高いっていうのに、そこも第二の故郷みたいに感じてしまうから。

なぜかイタリアにいると、思ったことを素直に口に出せる。

　表情もそれに伴い、豊かになる。

「そんな無茶なこと、できるわけないでしょう」

「人を呼んでおいて、それはないだろう、迎えを寄こせや！」

「その髪飾り、あなたの黒髪にとてもよく似合ってますね」

「あいかわらずマイペースなんだから、しょうがないねえ、でもそこまでいくとかわいいです」

　ふだん日本にいるとき、言いそうで言わないいろんなこと。

　素直に口に出して、相手も素直に受ける。

　そのストレスフリーの良さを、常にやりたい放題やり、出し放題出しているイタリア人たちから教わった気がする。

フェルトリネリ社の一角

ドゥオモと空

◎ふしばな

かわいかったヒロココちゃん

　ミラノで恋をして髪の毛を切りにいって、すごくすてきだけれどキテレツな髪型になって帰ってきた、私のいちばん最初の秘書、ヒロココちゃん。

　その行動全部がとってもかわいかったから、今思い出しても笑顔になる。

　今はすてきなお母さんになり、お仕事もしているけれど、とにかく人を幸せにする力があってキラキラ輝いているところは変わってない。

　働きすぎて頭痛になってホテルの部屋で寝込んでしまったヒロココちゃんを、私ともう一人のアシスタントはそっとしておいてあげようと思い、ベッドに寝かせたまま隣室で荷造りをしたり、小さな声でおしゃべりしていた。

　それぞれのことをしていたら、ヒロココちゃんが潜っているふとんの中から、なんだかくぐもった歌声が聴こえてきた。

　私ももう一人のアシスタントは聞くともな

く聞いていた。そしてすぐ曲名がわかった。

♪くれなずむ町の光と影の中

「なんで今ここで『贈る言葉』なの!?」

私たちはげらげら笑った。ミラノの街にちっとも合ってない、しかも昔の曲。武田鉄矢さんが浮かんでくる。

「いや〜、なんとなく今歌いたくなって」

ヒロココは言った。

具合が悪い人の選曲とは思えなかった。

件（くだん）のゲストハウスがまだ出版社にあった頃、なんと言ってもタダで泊まれるので喜んで泊まることにして、小さな寝室のベッドと簡易ベッドで、私とヒロココちゃんは寝ていた。

リビングとバスルームと寝室しかない小さい場所だったけれど、調度品は豪華で、映画の中にいるようなその重厚な部屋。

私が時差ぼけで眠れずに本を読んでいたら、寝ているヒロココちゃんが大きな音でおならをした。

「むむ、屁をこいたな」と私が思っていたら、ヒロココちゃんが急に、

「先生！　今私、おならをしませんでしたか？」と言う。

「してたよ」

「やっぱり！　どうも失礼しました、申しわけありませんでした！」

「いいよ、おならくらい、どんどんしなよ」

「ありがとうございます、良かった〜」

何が良かったかわからないけれど、彼女はそう言ってまた寝てしまい、翌朝聞いてみたらおならを含め、全く覚えてなかった。寝ていてもしっかりしている、なんというすばらしい人柄だろう。

もう時効だから、どんどん書いてしまったが、今思っても、そんなかわいく頼もしい彼女と過ごした日々は青春の宝物だったなと思う。

今のアシスタントのいっちゃんが、ミラノのホテルの同じ部屋でスヤスヤ寝ているのを見ていると、一緒に働いてくれる人がいて心強いなあと思う。彼女もきっと出産だとか結婚だとか、離れてしまう時期はあるんだろう。でも、やっぱりこの時間はかけがえのない宝物だなと感じている。働くっていいことだ。仕事って嫌なこともたくさんあるけれど、仲間さえいれば、笑顔があれば、今日あったことを同じ気持ちで話せる人がいれば、がんばれる。

ヒロココちゃん

ビジネスクラス

ガレリアの天井

ここに力がある

◎今日のひとこと

ものごとは、どんなに絶望的に見えるときでも、いつも見えていないほうのことが半分はあるという話をすると「いいほうのことを見て前向きに考えるということですね！」と99％くらいの確率で言われるのですが、決してそういうことではないのです。

小林健先生のおっしゃるところの「ステップバックする」が一番近い感覚かもしれません。

例えば私は今愛犬が死んで悲しい、失恋した人みたいに愛犬のことばかり考えている、

うちの蓮

その面影をいつも抱いている。特にそれをやめる必要はないのです。そういう時期なんだから。

ただ、もうひとりの自分がじっと見てさえいればいいのです。ただその状況の中にいる自分の全体を見るだけ。

目の前にはまだ生きている老猫や愛犬がいるよなあ。いつか彼らを失ったら、きっとまた今と同じように「もう一度触りたい、会いたい」って思うに決まっているんだから、今ここにある幸せは、ただ見えないし感じられないだけで、ここにあることはあるんだよな。……とぼんやり思う。そのくらいでいいんです。それ以上無理する必要はないのです。わざわざ心に負荷をかけることはないんです。

ただ眺めるだけ、素直に眺めるだけでいいんです。

そこには全部が実はある。自分の心がきゅっとなっているから、見えているところがほんの一部にしぼられている時期なだけ。それがわかっているだけで、自然にものごとは収まっていきます。

つぼみのとき

◎どくだみちゃん

あらし

ここまで大きな台風のエネルギーに触れたのは生まれて初めてだったかもしれない。一瞬で傘がボキボキに折れたり、バイクが倒れたり、壁が剝がれたり。

日本の台風は風よりも雨のほうが強い気がする。

そのときの台湾の台風は、勢いに満ちた風が主役だった。

亡き父は台風となると、なんだかわからないがはしゃぎだして、長靴を履いてコートを着て懐中電灯を持って、意味なく近所を見回りに行った。

お父さんが見回りに行ってなんになるんだっていうの、と子ども心にも思ったけれど、大人だから見回りをしなくちゃという名目が必要だったのだろう。

うちはかろうじて坂の途中にあったので浸水はしなかったが、昭和の大台風の中でも有名なやつが東京を直撃して、坂の下の私の学校や友だちの家が浸水して休校になったのをよく覚えている。

当時はすぐ停電したからろうそくをつけてじっとテーブルの前にみんなで座ったりした。それは自分の力ではどうにもならないものを知る特別な夜だった。

不謹慎だけれど、グレーの空を強い風が渡って行くのを見て、あのときのように、少しだけわくわくする気持ちになった。

飛行機が飛ばなくなったり、予定がずれて面倒くさいことになるに決まっているのに、やっぱり心の中のどこかが窓の外で風に激しく踊る枝といっしょに踊っていた。

気圧がどんどん変わり、グレーの空にたまに光が射す。雲がどんどん動いていく。なんて残酷でなんて美しい眺め。

薄暮の中、店は次々に閉まり、家々の玄関に土嚢（どのう）が積まれる。

ほんとうはしたかったことで台風のためにできなくなったことを少し嘆いたり、こんな中でも開いているお店があることに感謝したり。

買ってきたワインを夜中の部屋でちびちび飲んで、たまに風の音にびっくりしながら輪になっておしゃべりしたり。

夕方外に出たとき、大風の中、アイリーンちゃんが言った。

「やっぱり台風の始まるときの独特な感じがありますね！」

その顔はなぜか昔見た父の顔のようにちょっと高揚。その瞬間の、彼女の美しい顔と灰色の空とものすごい風の音が、まるで映画のシーンみたいだなと思った。

「ほんと、こんな珍しいときにいられるなんて。とても不謹慎だし、飛行機飛ぶか心配だけど、なんだかいつもと違う台北にいるみたいで少しだけ嬉しい。自分ではどうにもならないことだから、じっとして味わうしかないし」

私は答えた。

生きているって、生活するって、こんなふうに、いきなり台風が来ることもあるということ。

怖いとか不安とか嫌だとかだけではなく、どこかに、新しいことにあたっていくときの気持ちをわずかに残しておきたい。

台北のホテルの窓から台風を見た

◎ふしばな
数百円の権利の重み

このことはこのメルマガで何回も書いているので「またかよ」と思うと思うのだが、いくら言っても言い足りない。

いつもすごく不思議に思う。

「どう考えてもおいしくない」味の、場所代としか思えない高いお店が東京だけにたくさんあるのはいったいどうしてなのだろう。

これって、香港、台北、バンコクなどではありそうでめったにないのだ。値段と味はある程度釣り合っている。ソウルだとちょっといろんな意味でギリギリのお店はあるが、材料はもう少しよかったりする。ヨーロッパはもっと残酷で「観光地の外国人向けで高い」以外のお店は「値段＝待遇＝味」である。

つまり東京はぼったくりの観光地だと捉えればいちばん正しいのだろう。

たまに来て、どんどんお店も変わってしまうし、観光客値段だから、店を育てなくてもいいし、ぼったくられてもしかたない、みたいに。

この間、駅の建物の中にあるそこそこ高い有名な海外からの初出店のピザ屋さんでピザを食べたら、にんにくも玉ねぎもピザ生地も生焼けだった。生焼けはだめだということを、どうして店の人は一回も考えないのだろう？

そしてみんな、どうして「生ですよ」と言わない上に、そのことがなかったかのようにふるまえるのだろう？　自分だけがおかしいように思えてくる。

「生ですよ」「さっき頼んだものが全く来ませんよ」「むちゃくちゃ塩辛いです」「毛が入ってます」などとしょっちゅう言っている自分が野暮かクレーマーと思えてくる。

骨から髄といっしょに皿に溶け出す血まみれの鶏肉を前に「これは生に見えるけれど、実はじっくり火を通しているんです」などと堂々と言ってくるツワモノなお店もあった。

調理人も人間だから、いつも元気いっぱいで味覚もシャープなわけではない。大目に見てあげるのも大切。しかし、それはその人たちのふだんの絶え間ない精進あってこそである。誤字脱字ばかりの小説を何冊も書いたら、もうだれも本を読んでくれなくなるのと全く同じだ。誤字脱字は100パーセントは取り除けない。だからなるべくないように努力するしかない。それはきらめくような勢いの本文を書くのとは全く関係ない作業だけれど、美しい心構えでなされるものである。その努力は必ず人に自然に伝わる。

下積みのシェフが一日中玉ねぎを刻んでいたり、見習いの大工さんが一日中板を削っていたり、むだのように思えるそういう下地は必ず料理に出る。それが人を惹きつけたり遠ざけたりする。

奈良美智さんの絵は落書きではない（技術を磨いた上での崩し）し、

私も思うがままに気ままに文章を書いているのではない。

たった一時間で消費されてしまうかもしれないものを、何年間もかけて創っている。だから人は見に行ったり、読んだりするのだ。鑑賞者は無知ではない。マーケティングもブランディングも関係ない。長い目で見ればその姿勢は必ず伝わるのだ。

いつも寝不足で二日酔いで風邪気味の鮨屋の親方がいたら、その人は働く気がないということだし、人が命を奪った魚を握り、人に食事を提供してお金をもらうことはできない。素人と同じだ。

生ピザや生肉を食べて腹を壊すのは自分である。

しかもそれを自分のおさいふからお金を出して買っているのである。

いくらなんでも気づこうよ、と思う。消費者は選んでいいということに。

たった数百円の権利を手放してしまったら、自分への愛は失われてしまう。数百円でも大きい。生だけれど、毛が入っているけどがまんしてしまうと、自分の魂が泣く。

私はクレームを出しても自分から返金は決して要求しない。もう自分ではほぼ来ない（ほぼ、というのは、人が接待で呼んでくれたり、友人にそこに行きたいと言われたら普通に行くから）お店なら円満に別れたいからだ。自分はもうきっと来ないけれど、がんばってねと思うからだ。

それは最大の優しさであり、ある意味では最高に皮肉と捉えられてもしかたないとも思う。

でも応援の心は常に持っている。こだわりも恨みも持っていない。

もしまた大丈夫な状態になったなら、普通にお金を払って食べに行くと思う。

しかしそんなことを言っていると、東京で行ける店がほとんどなくなってしまうというこの驚き。

みながしっかりお金の行先を選ばないで見栄でがまんしているから、こうなってしまうのだ。

例えばきっと難波だけで東京全部のおいしい店分くらいのおいしい店がある。しかも彼らはめちゃくちゃ努力しているわけではない。おいしくないとつぶれてしまうので、当然のように当然のことをしているだけ。大阪の消費者はしっかり選ぶから。それだけの違いなのだ。

私が昔、年に一回だけご褒美で行っていたお鮨屋さんの親方は「弟子が風邪で休んだらクビだ」と言っていた。まず気合いと体調管理が足りない、風邪を引いたら鼻が利かなくなり、鮨は握れないからだと。ゴルフを始めたら鮨屋は終わりだと、鮨よりも優先されるものはないようでなくてはいけないと。常に気合いが入っていて、素材と本気で向き合っている人だった。今はハワイに移住されて、未知の素材で新しい世界を開拓しているそうだ。

若い親方がやっているけれど高いお店だったので、客層はなかなかに悪かった。目の前に置かれた寿司をすぐに食べない男女や、ものすごく酔っ払う人、香水をつけてくる人など、成金っぽいお客さんもたくさんいたのだった。

じゃあ、私がいい客だったかというと、日本酒がおいしすぎて結局酔っ払ったり、食べ過ぎてネタがなくなったりしたくらいだから、そうとうにバブリーで野暮である。あまり自慢はできない。ただ、お寿司は出てきたら一瞬でしかもしっかり味わって食べた。そこだけは自信がある。

そこのお弟子さんだった人がのれん分けして出したお鮨屋さん[*45]に先日行ってみた。やはりお安くはないので記念日しか行けなかったんだけれど、少し不安だった。あの厳しい親方から独立して、彼のなにかがゆるんでしまっていないだろうか？　と。

しかし、新親方になった彼はしっかりしていた。素材を活かし、手を抜かず、ちゃんと味を継承して毎日を真剣に生きているようすが伝わってきて、お弟子さん時代とすっかり顔つきが違っていた。前の親方の厳しさの中を生き抜いてきたのが身についているのがわかった。

ただ、やっぱり客層はあまりよくなかった。若い人がやっていて敷居が低い高いお店の宿命という感じのお客さんたちだった。自分だって子連れで行って子どもが「こちらのお店は好きなネタを言うんじゃなくって、串揚げと同じシステムなの？」と言って親方やお姉さんたちを笑わせているくらいだから、味に見合った状態ではなかったと思う。

それでも親方は、握り続ける。言い訳もしないで、愚痴も言わず。どんなお客さんも平等に受け入れるその姿勢には感動を覚えた。ただただただ、いいものを、素材の力と向き合って。

「一期一会」という書が目につくところに飾ってあるところを見ると、それはもっとも忘れてはいけない気持ちとしていつも親方の修行の中にあるのだろう。

彼のこんな毎日って、いったいなんになるのだろう？　この人の人生はみんなカウンターの中だけではないか。そう思うこともできる。

でも、生き物を殺して食べる仕事は、そのくらい真摯にやらないとあんないい顔になっていくことはできないのだろうと理解している。

何かを殺し、調理してお金を得ている。それは生涯最後の食事かもしれない目の前にいるお客さんの、それは生涯最後の食事かもしれない。明日自殺しようと決心しておいしいものを食べに来ているのかもしれない。それは見た目ではわからない。

多少てきとうでも明日も続いていく前提の家庭料理とは違う。数百円を人の心の中で何倍もの価値にしていくのは作る人だけだ。

ほんとうは家庭料理だって同じなのだ。今

日は一度しかない。今日食べるものを同じ人と明日もいっしょに食べられるとは限らない。

それは一見堅苦しく緊張して自由のない人生に思えてしまいそうだが、生焼けのピザを生焼けと思わずにバイト気分で作って大金を取っている人生よりも、ずっといい。そう思える。

台湾にある行列で有名な安い麺の店のお兄さんは、いつも小麦粉に接しているせいなのか（笑）お兄さんなのかワンタンなのかわからなくなるくらいに同じ真っ白い色をしていて、一日どれだけ作るんだろうというくらいの数のワンタンをひたすらに店頭で作っている。見ているだけでくらくらするくらいの量だ。まるでマシンのように、しかし決して機械ではできない微妙なバランスで、お客さんの数とワンタンの数を測りながら作り続けている。疲れても質は落ちないし、ばらつきはない。

前におすすめした大阪にある有名なしゅうまいの店[*46]の人たちもそうだ。いつも行列ができていて、それはそれは果てしなく大変な毎日だろうと思う。その店は鳥の素揚げも有名なのだが、いつの時代もしっかり丸鶏を使って肝までちゃんとメニューに載せている。

お客さんが喜んで毎日並んでくれるから、自分が作るしかない。安い高いではない、手間がいやだとかではない。もう何十年も保っているものを受け継いでいるのだ。

そういう人たちの顔は、職人さんの神々しい顔だ。敬意を持って接したくなる。

美しいおすし

文句ない幸せについて

◎今日のひとこと

何回か書いていることなのだけれど、長い間いっしょに海に通っている仲間のうちふたりが乳がんの手術をしていて、ふたりとも片方の乳がないのです。

まだ乳もあんまりないような年代からいっしょにいる人たちだったりするから、時間の経過に毎回びっくりします。

今年もみんなで洗い場で並んでいて、風呂場の鏡をふと見ると、私の体はケロイドだらけで腹もすっごく出てるし、彼女たちには大きな傷がいっぱいあって乳がすっかりない。

そうか、今は今なんだっけ、あの頃じゃな

ふなっしーたち（サンプラザさんも）

いんだ。同じ人たちなのにな、だから両親ももういないや、そういえばそうだったっけ。

でもなんだか嬉しくて楽しくてこの時間もまた愛おしくて「今のほうがいいな」ってなぜか思うんです。あの日に帰りたい系の思想に満ちた私だってのに。

これからお風呂を出て、晩ごはんを食べて、飲みに行こうって。

昔以上にさびれてなじみの店もないし、思い出だけが切なく立ち上がってきそうなのですが、そうでもないんです。今は今だなって、今日の海や夜道を楽しく思うのです。これってきっと土地の力です。

「今にいること」を助けてくれているんです。

今の方がずっと楽しいよ、それが生き物の体を持っているってことなんだよって。

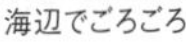

海辺でごろごろ

地魚

◎どくだみちゃん

宝もの

本の発売日になると、にこにこしてしまう。

あの小さい四角を、ごくごく普通に働いてちが、書店からおうちに連れて帰っていることを想像する。

小さな幸せを大切にしている優しい心の人たち

が、書店からおうちに連れて帰っていることを想像する。

私は一生行かないその人たちのおうちに、本だけがおじゃますることを許されるのだ。

とてもクールではいられない。

読んで失望する人もたくさんいるだろうけれど、読みきれないであげちゃったり売っちゃったり、もちろんそんな人もいっぱいいるだろうけれど、縁がないんだからしかたない。

他の作家さんや媒体に担当していただこう。

私が夜も寝ないで主人公たちをチャネリングしていた日々が結実し、ほんのしばらくなのか、無意識の世界では一生なのかわからないが、主人公たちは読者の友になる。

まるで子犬を連れて帰る夜みたいに、長い友だちにその人たちは出会うのだ。

私の生活は少し違ってしまっている。

書籍は基本経費で落ちるし、家がせまいのでたいていの本を電子で買ってしまうから、行った先の駅前の書店をぶらぶらしてから帰るなんて珍しくてぜいたくな時間の使い方だということに、すっかりなってしまった（本が好きだから、たまにはしているけれど）。

しかも主婦なのでそのような時間のほとんどはスーパーに寄ることになり、昔楽しく本を選んだみたいに食材を選ぶ毎日になってしまった。

本を抱っこして帰るあの幸せ。

私は電子でも同じように感じる。ダウンロードしているのを待っているわくわくする時間。カラーの表紙がぱっと浮かぶ瞬間。

私がもし人にそれをあげられているなら、私の夢はもう叶っている。

いつかのどこかを追い求める必要はもうなんにもない。そのことが私のこれまでを最高に幸せにする。

昔、イタリア人のアーティストの方から、とても珍しいファンレターをいただいたことがある。

銀のハートにとてもきれいな字で言葉が彫ってある。

「Dear Banana Thank You For Sharing Your Marvelous Adventure Waiting For More」

裏にはこう彫ってある。

「Rub Gently Your Worries Will Fade With These Words」

違う国から届いたこのかわいい宝物を、たまに磨いてその字を見るとほんとうに辛いことがなくなるような気がする。

この仕事に就こうとする人にはやっぱり「働いても働いてもお金が入ってこないしほんとうに孤独な仕事です」と言ってしまうけれど、こんな宝物をもらえることもある。

裏

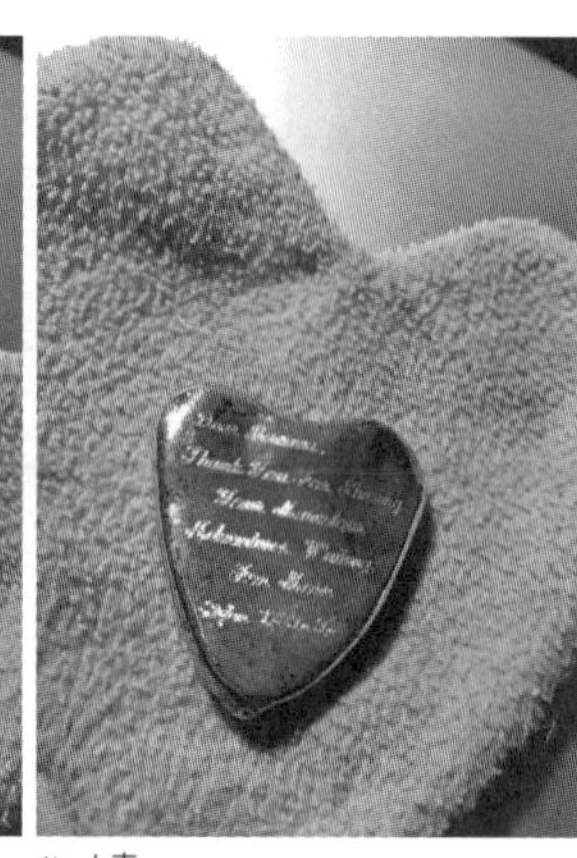
ハート表

◎ふしばな

身もふたもない

「海辺にいる女性を眺めていると、若い子ではなくて、子どもひとり産んだくらいの感じが魅力的だな」

といっしょに浜にいた男たちがそう言ってうなずきあっているので、

「……ってことは、まさに子どもひとり産んだ私のような人のことですね、ほらほら！」

と太い腕や腹など見せつけてみたら、目を泳がせたり、いや〜と笑ったりしていたので、なんて正直な！　と思った。

先日久しぶりにＲＩＺＥのライブを観たら、それと男女逆のことを生まれて初めて本気で思った。

「なんでもいいじゃん、友だちと兄弟と親子が仲良くて、一見いかつくても考え方がすごく明るい不良で、とにかく見た目が最高にかっこいい、もうそれ以上のことなんてこの世にはないよ！」

素直にそう思ったのだ。

ふだん、何を観ても理屈をつけてしまい、あまりそうは思わない私が初めてそう思ったのは、単におばさんになったからなのか……。ジャニーズの方達ではないところが、ロック魂の名残なのか……。

少なくとも、とにかく下北沢に住む自分の葬儀は金子総本店[*47]にお願いしようと思った（自分は参加できないけど楽しみ!?）！

神社の猫

つた

恭平のおかげ（真実を口にすること）

◎今日のひとこと

雀鬼、桜井章一会長は、怒っているときとごきげんなときがきっぱりと分かれていて、決して取りつくろわないところがほんとうに大好きです。

だって、取りつくろってもしかたがないではないですか。

そんなことに気づいたのもこの歳になってからです。

ごきげんなあるとき、桜井会長が「雀鬼会下北沢作家支部長」吉本ばななに、にこにこしながら、

渡邉知樹くんの鳥たち

「ばななさんは、ほんとうはうちのＴシャツじゃなくって、民族衣装みたいな服が似合うの」

「ばななさんの太ってるのはね、デブじゃなくて、味！　やせてたらつらそうな人に見えちゃうから、今の方がいいの」

とおっしゃった。

それをありのままに受け止めるまでに数年かかりました。

ありのままって、いちばんむつかしいことです。

そうか、会長がおっしゃるならそういう服がいいんだな。会長がおっしゃるならこのデブさは味なんだ。

だから、まだまだ生きていてほしいし、まだ会いに行きたい。私は気づくのが遅いから。

私も、別に力まなくても、ふつうに生きて話してるだけでだれかを傷つけることももちろんある反面、こんなふうに後からじわじわ効いてくる良き真実を言える人でありたいです。

福島の林

林の中の湖

◎どくだみちゃん

恭平のおかげ

その分厚い本[*48]を読むのに、数ヶ月を要した。

途中からは意地になって読んでいた。

本の中で著者はくりかえし説いていた。


自殺をなくしたい。自殺者がこんなに多いということは戦争と同じだ。

お金はなんとかなる、したいことをひたすらやって、地域で楽しく暮らせるようにちゃんと考えて回せば、ローンを組んで一生そのために働くようなところには陥らない。

死ぬくらいなら学校や会社を辞めよう。

家族で励ましあって、経済単位を作って、自活しよう。

鬱がきついときにはひたすら作品を作ろう。


上滑りの部分もある、くどいところもある、誇大妄想もある。

でも彼の訴えにはなにかしらすばらしいものがあった。根源的なもの。物を創る人に必要なもの。

私はとにかく毎日連打される彼の言葉の洪水とその推敲のない、親切さに欠ける文章の切れ端をつかみながら、それでも「いい本だなあ」と思っていた。

まず編集者の情熱がすごい。

いまどき、こんなにたいへんな思いをしてまで、一冊の、多分ほとんど売れない本を作る人がいるなんて！　ほんとうにすごい。

そしていつものように、ふと思ってしまった。

「こういう本こそ、じわじわと売れて、いつのまにか大勢が手にするといいのになあ。そして坂口恭平さんのご家族の生活がもっと楽になるといいな」

待てよ！


そうじゃない。その考え方こそが、私に染みついた間違ったものだ。

なんで「じわじわ売れて」「話題になって」「お金にならなくちゃ」正解じゃないみたいな気持ちになってるんだ？

この本は、少なくとも私を変えたではないか。

読んでいるうちに、この本の「波動」としか言いようがないものが、体に入ってきた。

そして私は結局のところ、三十年も続けてきた「社会的に必要な看板としての」「事務所」をたたむことにした。

いろいろな要因が重なったからそう決心したのだが、遡っていくと、この本に行き当たった。

この本の中の波動が、年齢的に後がないからもうそろそろ仕事を遊びに変えてしまっていいのではないかと私に教えてくれたのだった。

まともなことは、もううんざりだ、たくさんだと。

たったひとりをこうして変えた、そこに生じたのは本一冊分の値段（私はこの本を送っていただいたので、お金を払ってさえいないのだが）、たったそれだけ。

でも、それでいいのだ。

ひとりだって充分なのだ。

もちろん私の他にもこの本で人生が変わった人はいるのだろうから、ひとりではないと思うけれど、私にわかる範囲で言うと、この本は少なくともひとりの人生を完全に変えた。

わかる範囲でいい。

それだけでこの本はこの世に出た役割を果たしたと言ってもいいくらい、のはずなのだ。

私にもよく、読者の人がこんなふうに話しかけてくれる。

とんでもないことが人生に起きたとき、あなたの本が私のとなりにいてくれました。だから救われました。ありがとう。

たったひとりでもいればいいくらいなのに、そういう人はすごくたくさんいる。

このあいだ子どもに「ママにはよく『たいへんだったとき救われた系』の人が涙しながら話しかけてくるけど、ママって何書いてんの？」↑おまえも読めや！

と言われたくらい、ありがたい言葉をたくさんいただいている。

もうやったのだ。私はしたかったことをやりとげたのだ。もういいんだ。

私はひとりぼっちの夜、死が誘っているよ

うなときに、寄り添ってくれた本に救われてきたから、本で恩返しをしたくて小説家になった。その夢はもう叶ったのだ。

ノーベル賞を取らなくても、大儲けできなくても、じゅうぶんやったしそれはこうして報われた。

そしてこれからも感謝とともに地味に続けるだろう。

ただもう、何も目指さなくていい。終わったのだ。

いつも事務所におんぶにだっこ、経理も人任せ。

そんな人生を私は終わりにした。いっしょに働いてきた愛する人たちとの別れはつらかったけれど、もっとしたいことがあるのだから、しかたがない。

時代と、そして自分のバージョンが変わってしまったので、しかたがない。

これからも人に頼るところはきっと頼りながら、私はたったひとりになって、もしてんてこまいになって後悔したら、

「みんな恭平のせいだ！」

という良い呪文を唱えよう。

心の中では「せい」を「おかげ」に置き換えて。

それだけで、やる気が出てくる。

会ったこともないのに（だって会うとなんだか長そうだし）、恭平さんごめんなさい。

遠くから、うんと感謝してます。

この本を少しずつ読んでいる間、近くに貼ってあった「ぺぺぺ日めくりカレンダー」[*49]をめくってはしおりにしていった。

だからこの本のいろんなところに私のとある一日がはさみこまれている。

そのことも私をとてもハッピーにした。

ぼろぼろになったこの一冊は宝物だ。

ブーゲンビリア

◎ふしばな
ローン

私はローンで家を買った。かなり厳しいローンだし、年齢的に組めるのは人生最後だそうだ。これまでに訳あって事務所含め三回ローンを組んで完済しているが、今回はいろいろなことがあって額が大きかったので、かなりの期間、ものすごく悩んだ。

でも、これまたいろいろなことがあって、やってみることにした。

具体的にはほとんど家を追い出されるようなできごとがあり、小さな家を仮住まいとしていたのだが、とりいそぎ越してすぐにあまりの小ささに仕事にならなかったり、近所の人たちとライフスタイルが合わなくてお互いに迷惑をかけあったり（いい人たちだったが、銀行員ばかりで超早寝早起きの人たちだった）、それで萎縮して生活していたら家族のリズムがうまくいかなくなったりしたのだった。

なので、ぴったりとした間取りのしかし小ぢんまりした家に越した。同じ小ぢんまりでもこちらは高かった。それでも今の私たちの仕事と家族の状況には場所も広さも申し分ないくらいぴったりした家だったのだ。

銀行もよく私を信じてくれたと思う。足を向けて寝られないくらい感謝している。

しかし借金は借金、しょげているときに奥平亜美衣さんが「ローンを組んで得た幸せのほうに気持ちを向けてみてください」と教えてくれた。

確かに、子どもと暮らせる時期は短い。子どもが自活したら、夫婦でもっと小さいところに越して、今のところを売って返してもいい。今の時期に家族でいられる城があるのはすばらしいことだ。そう思えたのでとてもありがたかった。

森博嗣先生もこう教えてくれた。

「借金自体は悪いことではありません。国だって借金をして大きくなったのですから。でも、借金をしていることは忘れてはいけませんよ」

これは、ほんとうにすばらしいアドバイスだった。これもまた私の人生を変えたアドバイスだ。だからいつも心に抱いている。さすが森先生だ。

というわけで、借金はしないに越したことはない。

こんな私が言っても説得力はないと思うが、不動産売買時の手数料を甘く見ているがローンというものだなあ。ほんとうだ。

同じ十数万円を払い続けるなら、いっそローンを組んで同じ間取りのところを買ってしまえば資産になるという考え方、これこそが罠なのだと思う。

私はどうしても犬猫たちと暮らしたかったし、まだ下北沢にいたかった。そしてちょうど家を追い出された時期はお金がなく、さらに身内が死んだり病気をしたりしてお金が必要だった。賃貸をいくら探しても、同等の家賃で動物を飼える家は見つからなかった。目の前の老犬や老猫の時間はない。しかも子どもと暮らせるのは今だけ。

それだけのことが重なってしかたなく組む、あるいは、次々組んでは買って売りぬける（これはかなりリスキーで、たいていの人が不動産売買時の手数料を甘く見ている）それがローンというものだなあ。

おじいちゃんと孫

注釈

＊1　カフェ（P14）　つゆ艸　住所　東京都世田谷区代沢5-32-13　電話番号　０９０-７２６７-２００８

＊2　兄貴（P20）　丸尾孝俊　http://www.maruotakatoshi.jp/　アニキリゾートライフオンラインサロン　https://lounge.dmm.com/detail/676/

＊3　望月龍平（P20）　俳優・演出家　https://www.ryuheicompany.website

＊4　浜野さおり（P29）　https://ameblo.jp/drkenkobayashi/entry-12204307465.html

＊5　大平一枝（P31）　ライター　女性誌、書籍を中心に、大量生産・大量消費の対岸で生きる人々のライフスタイルや人物ルポを執筆　https://kurashi-no-gara.com/

＊6　よしばなうまいもん（P39）　https://lineblog.me/yoshibana/

＊7　エッセイ（P51）『実録・外道の条件』２００４年　ＫＡＤＯＫＡＷＡ刊

＊8　全集（P54）「吉本隆明全集〈1〉１９４１-１９４８」ほか　1〜21巻まで発売中　晶文社刊

＊9　こえ占い千恵子（P57）　http://koeurnaichieko.jp/

＊10　サービス（P62）　お洗濯代行&クリーニング　しろふわ便　https://www.shirofuwabin.jp/

＊11　鬼毛箒（P76）　https://www.rakuten.ne.jp/gold/idx-shopping/in/p/ki_data03.html

＊12　桜井会長の道場（Ｐ87）　http://www.jankiryu.com/
＊13　おみちゃんのところ（Ｐ98）　バー Omiyama　住所　東京都渋谷区神山町17‐1　第二渡辺ビル４Ｆ　電話番号　０３‐６８０４‐９４３４
＊14　スガハラフォー（Ｐ98）　ベトナム料理、ワインバー　住所　東京都目黒区大橋２‐８‐21　電話番号　０３‐６４０７‐０５６２
＊15　ラボラトリオ（Ｐ98）　イタリア料理　住所　東京都世田谷区代田２‐18‐13　代田レジデンス１Ｆ　電話番号　０３‐５４３２‐９２６０
＊16　ラ・プラーヤ（Ｐ99）　スペイン料理　住所　東京都渋谷区渋谷２‐14‐４　渋谷ｍＩｍビルＢ１Ｆ　電話番号　０３‐５４６９‐９５０５
＊17　ティッチャイ（Ｐ99）　タイ料理　住所　東京都世田谷区代沢５‐29‐８　浅野ビルＡ　電話番号　０３‐３４１１‐０１４１
＊18　何必館（Ｐ１０１）　京都現代美術館　http://www.kahitsukan.or.jp/
＊19　ＲＩＺＥ（Ｐ１０５）　http://www.triberize.net/
＊20　宇宙マッサージ（Ｐ１１２）　プリミ恥部　https://twitter.com/primitchibu
＊21　兄貴の本（Ｐ１１３）『出稼げば大富豪』２００９年　ロングセラーズ刊　など多数
＊22　シマ（Ｐ１２４）　住所　東京都台東区上野２‐２‐４　Ｂ１Ｆ　電話番号　０３‐３８３２‐１９０６
＊23　サギー（Ｐ１２４）　老舗マジックバー「ＭＡＧＩＣ　シマ」専属マジシャン　https://saggy.clownstear.info/
＊24　よそ者（Ｐ１２７）　歌：ＲＣサクセション　作詞：忌野清志郎　１９８１年

＊25　池間由布子（P146）　シンガー・ソングライター　2010年よりギターでの弾き語りを開始「雨はやんだ」
https://www.youtube.com/watch?v=tE7qZ7rieuY

＊26　ウニヒピリ（P156）『はじめてのウニヒピリ』2015年　宝島社刊　イハレアカラ・ヒューレン　カマイリ・ラファエロヴィッチ著

＊27　ロルフィング（P168）　サロン　https://www.rolfinger.com/

＊28　ここぺり（P168）　サロン　http://www5f.biglobe.ne.jp/˜kokopeliseki/

＊29　アヴェダ（P168）　サロン　https://www.aveda-flagship.com/minamiaoyama

＊30　小林健先生（P168）　ハリウッドセレブをはじめ、世界中の名だたる著名人の病を治し続ける、ニューヨークのカリスマ的ヒーラー　最新刊は『愛がすべてを癒す　地球でいちばんシンプルな幸せの法則』

＊31　まゆちゃん（P168）　サロン　http://chahaya-indah.net/

＊32　都城のアムリタ（P168）　トリニティサロン&ヒーリングスクール　https://salon-amrta.com/

＊33　イダさん（P168）　https://ameblo.jp/yoshimotobanana/entry-12559813896.html（「よしばないいもん」2019年12月15日号）

＊34　IBOK（P173）　http://ibokjapan.com/

＊35　GEZAN（P175）「NEVER END ROLL」2016年

＊36　NUUAMM（P175）　https://www.youtube.com/watch?v=BSnGZY85seo&feature=youtu.be

＊37　マヒトゥ・ザ・ピーポー（P175）　http://mahitothepeople.com/

＊38　ジョン・フルシアンテ（P176）　アメリカのミュージシャン　レッド・ホット・チリ・ペッパーズの元ギタリスト、ボーカリスト　現在はソロとして活動している

＊39　パテ屋（P191）　住所　東京都世田谷区玉川田園調布2-12-6　電話番号　03-3722-1727

＊40　林のり子（P191）　パテ屋店主　http://pateya.com/skk/

＊41　かくかくしかじか（P201）　漫画家・東村アキコが幼年時代からの生い立ちと、有名漫画家になるまでを描いた自伝エッセイ漫画　全5巻　集英社刊

＊42　アージア・アルジェント（P213）　イタリアの女優・映画監督　父はダリオ・アルジェント、母はダリア・ニコロディ

＊43　サスペリア2（P214）　イタリアのダリオ・アルジェント監督によるサスペンス映画　1975年公開

＊44　ダリア・ニコロディ（P214）　イタリアの女優・脚本家

＊45　お鮨屋さん（P230）　匠誠　住所　東京都新宿区新宿4-1-9　新宿ユースビル「PAX」6F　電話番号　03-6457-7570

＊46　しゅうまいの店（P232）　一芳亭本店　住所　大阪府大阪市浪速区難波中2-6-22　電話番号　06-6641-8381

＊47　金子総本店（P239）　https://www.sougi-kaneko.com/test/about/message.html

＊48　その分厚い本（P242）『発光』2017年　東京書籍刊

＊49　ぺぺぺ日めくりカレンダー（P245）　https://minne.com/items/6465499

吉本ばなな「どくだみちゃんとふしばな」購読方法

①noteの会員登録を行う（https://note.com/signup）

②登録したメールアドレス宛に送付される、確認URLにアクセスする

『登録のご案内（メールアドレスの確認）』という件名で、
ご登録いただいたメールアドレスにメールが送られます。

③吉本ばななのnoteを開く

こちらの画像をスマートフォンのQRコードリーダーで読み取るか
「どくだみちゃんとふしばな　note」で検索してご覧ください。

④メニューの「マガジン」から、「どくだみちゃんとふしばな」を選択

⑤「購読申し込み」ボタンを押す

⑥お支払い方法を選択して、購読を開始する

⑦手続き完了となり、記事の閲覧が可能になります

この作品は「ｎｏｔｅ」に二〇一七年四月十三日から九月十八日まで掲載されたものに加筆・修正をし、二〇一八年十一月小社より刊行されたものです。

お別れの色

どくだみちゃんとふしばな3

吉本ばなな

令和2年5月20日　初版発行

発行人――石原正康
編集人――高部真人
発行所――株式会社幻冬舎
〒151-0051東京都渋谷区千駄ヶ谷4-9-7
電話　03(5411)6222(営業)
03(5411)6211(編集)
振替00120-8-767643
印刷・製本―中央精版印刷株式会社
装丁者――高橋雅之

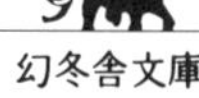

幻冬舎文庫

ISBN978-4-344-42982-6　C0195　よ-2-32

幻冬舎ホームページアドレス　https://www.gentosha.co.jp/
この本に関するご意見・ご感想をメールでお寄せいただく場合は、
comment@gentosha.co.jpまで。